Cuti
contos escolhidos

2ª edição

Incluindo contos inéditos

Cuti
contos escolhidos

Incluindo contos inéditos

Copyright © Cuti by Luiz Silva, 2016.

Todos os direitos reservados.

ISBN 978-85-92736-01-9

Projeto gráfico: Vagner Amaro
Seleção e organização: Vagner Amaro
Imagem de capa: "Saúde, paz e liberdade", de Apolo Torres
Revisão: Léia Coelho
Editoração eletrônica: Montenegro Grupo de Comunicação

Texto revisado segundo o novo Acordo Ortográfico da Língua Portuguesa.
Proibida a reprodução, no todo, ou em parte, através de quaisquer meios.

Dados internacionais de catalogação na publicação (CIP)
Vagner Amaro CRB-7/5224

C988c   Cuti, 1951-
           Contos escolhidos/ Cuti. – Rio de Janeiro: Malê, 2016.
           128 p.; 21 cm.
           ISBN 978-85-92736-01-9
           1. Contos brasileiros. I. Silva, Luiz (Cuti) II. Título

                                                       CDD – B869.301

Índice para catálogo sistemático:
  1. Conto brasileiro

2020
Todos os direitos reservados à Malê Editora e Produtora Cultural Ltda.
www.editoramale.com.br
contato@editoramale.com.br

DEDICATÓRIA

Às duas Beneditas (in memoriam), minha mãe e minha avó, mestras da ficção oral;
A Raphão Alafin, parceiro na contação de várias estórias deste livro, no espetáculo "Prato do Dia: Pretume";
A Jorge Brunis (in memoriam), que dramatizou contos meus;
A Ari Cândido Fernandes, que se inspirou no conto "Não era uma vez", para fazer seu filme "Jardim Beleléu";
À Léa Garcia, autora de um roteiro de cinema para o conto "O batizado";
À Marinete Floriano Silva, que nutre de afeto a minha imaginação fabuladora;
À Vanderli Salatiel e Maria das Dores Fernandes, parceiras na coordenação do Quilomboletras, clube negro de leitores, que tanto têm contribuído para a compartilhamento da leitura ficcional.

SUMÁRIO

7	Prefácio
9	O batizado
17	Luz em horizonte fechado
29	Saída
35	Dupla culpa
43	Boneca
47	Incidente na raiz
49	Preto no branco
59	Não era uma vez
67	Ponto riscado no espelho
71	Que horas são?
81	Desencontro
93	Conluio das perdas
103	Lembrança das lições
109	Entreato
117	Perguntar ofende
121	Limite máximo
125	Sobre o autor

PREFÁCIO

O título *Contos escolhidos* convida a pensar a escrita de Cuti como fruto de uma escolha, um investimento na palavra como promotora de um enegrecer necessário para a mudança do contexto de embranquecimento vivenciado em nossa história e reproduzido na literatura brasileira.

Neste livro é possível conhecer dezesseis contos elaborados pelo autor e que fazem parte da literatura negra brasileira, criada para narrar histórias protagonizadas por negras e negros como Paulino, Moacir, Joana, Dona Isaltina, Belmiro, Tico, Carol, Dora, Jurandir, Cândido, Jussara, Betão, Tânia, Jorge Nelson, Julio e Zenaide.

As pequenas narrativas provocam "o turbilhão emocional inesperado", como o vivido pelos jovens Moacir e Carol, no conto "Luz em horizonte fechado", ou pelos protagonistas negros e pobres, igualmente criminalizados em "Dupla culpa" e "Não era uma vez", duas narrativas marcadas por suspense e emoção.

A cada conto se acrescenta um ponto de vista sobre o que é ser negro no Brasil. E em cada trama são reveladas práticas racistas e rituais criados para embranquecer o pensamento e os corpos negros. É o que acontece com Jussara em "Incidente na raiz", onde o alisamento do cabelo crespo causa feridas físicas e revela as feridas psicológicas.

Nessas narrativas criadas pelo escritor Cuti, em diferentes momentos de sua trajetória iniciada em 1978, avistamos alguns momentos poéticos na linguagem dos narradores, criando reflexões universais sobre vida e morte, como faz o narrador personagem do conto "Conluio das perdas": "Morrer é ir morar somente dentro dos outros". Predomina nos textos o tom da linguagem popular, repleta de marcas da oralidade, que aproximam da fala ouvida nas ruas o conteúdo narrado. As experiências urbanas vividas nos lares ou ruas da periferia se revelam nas vozes de homens e mulheres, cujas falas permitem pensar no combate à alienação cultural, no lugar da mulher negra e nas experiências desses sujeitos negros em seus trânsitos por alguns espaços elitizados/privilegiados. De modo inusitado, o autor desenvolve este tema em "Ponto riscado no espelho", destacando a "tensão e imobilidade" na reação à violência racista naturalizada em alguns locais e discursos: "Nesse meio tempo, andou até a porta querendo não crer. Imaginou, em seguida, ter escutado mal. Um arrepio correu na espinha. Sem ação, sentou e ficou matutando, labareda nas pupilas".

Na breve extensão de cada narrativa, Cuti encontra o tempo e o espaço para criar imagens positivas dos sujeitos negros, resgatar traços culturais importantes para construção da identidade negra e revolver paradigmas das relações raciais no Brasil, sem "passar verniz na carne viva do problema".

Contos escolhidos insere o ser negro entre os elementos que atribuem qualidade à escrita e combina elementos que tornam instigante a leitura. Trata-se de um bem cultural que merece lugar entre o que há de mais expressivo na ficção brasileira contemporânea.

Simone Ricco
Mestre em Letras-Literaturas
Africanas pela Universidade
Federal Fluminense (UFF)

O batizado

Barulho de garrafa estilhaçada.

JOANA com as mãos no rosto, a vergonha queimando as faces. Seu temor da desarmonia e do vexame: **Paulino estragando a festa dando o seu espetáculo de sempre não foi viajar como prometeu lá com o grupinho dele e agora ai minha Nossa Senhora o prédio amanhã vai estar em polvorosa vão comentar o papelão da casa dos pretos porque é assim mesmo que chamam a gente são capazes de ligar pra polícia só pro escândalo aumentar já devem estar rindo pelas janelas eu bem falei pra fazer a festa na casa do Tico a Zuleica não quis ia na certa dar nisso aqui...**

DONA ISALTINA e uma enorme vontade de chorar: **só às lágrimas ele dá atenção será que vai ficar falando a tarde inteira ofendendo os outros justo hoje fazer papel de estraga-prazer a coitada da Joana fez até crediário de bebida fina convidou gente importante meu Deus e agora ir tudo por água abaixo esse rapaz não anda bom a conversa dele já deu briga outro dia o pai acaba não aturando a barulheira e daqui a pou-**

co é aquele bafafá com a calma do Tico o Paulino não para fica atentando os outros já batizou tá acabado não tem nada de ficar trazendo discórdia pra família só perturba os outros ainda disse ia viajar não foi pra aborrecer todo mundo não anda bom não era revoltado desse jeito deve ser coisa daquela negrinha metida depois de conhecer ela mudou da água pro vinho lê esse mundaréu de livro mas ninguém dá ouvido pra o que ele fala não tem modos não sabe conversar aí se dana fica assim meu filho deve ter alguma coisa...

Dona Isaltina não se contém. Os olhos esquentam e começa a tê-los enfumaçados. Minúsculos córregos, de vida curta, serpenteiam suavemente pelo rosto cheio e luzidio. Em silêncio. No semblante, um porejar de preocupações.

BELMIRO fuma. Esse cigarro acendeu no outro. Diante da atitude do filho, enche o peito numa imensa tragada. Ouve, no entanto, com ares de calma, emoção controlada, irritação latente. Aos amigos não dará espetáculo desagradável, não pode. Os comentários na repartição semeariam risinhos por todos os lados. As piadas viriam na certa, como daquela vez. Usara uma calça cerzida no traseiro, tamanha era sua penúria na época. No mesmo dia apareceu a nota no quadro de avisos: "Colaborem com um amigo urgentemente. Necessita de uma calça de brim ou de uma bunda nova". Não, não havia razão para brigas. O sacrifício de vencer a estreiteza do orçamento para realizar a festa não merecia tal perturbação. Aquele filho problemático!... Tirar o seu prazer!... Afinal, era o sentimento de continuidade numa segunda geração, ali sendo comemorado, ganhando o âmbito de suas relações sociais. O primeiro neto sendo festejado, depois de um batismo cheio de cumprimentos, respeito, orgulho... Não! **O Paulino com a conversa de seu movimento não pode estragar a festa não vai me tirar do sério se conseguir será de uma vez por todas ainda sou o chefe da casa se não estiver bem com a família vai então morar lá com seu tal movimento fala fala fala em prol da raça e agora quer estragar tudo dar show pra essa gente branca ver... não...**

Paulino, meu filho, venha cá. Por favor! – chamou em tom enérgico, o mais controlado possível, contudo. O rapaz, com parte da garrafa de cerveja segura pelo gargalo, estava partindo para os exemplos de mostrar o efeito do álcool no povo negro. Não atendeu ao chamado.

TICO: o pai precisa se controlar quando começa a fumar demais a coisa logo estoura deve deixar comigo o Lino anda só entusiasmado não é um cara ruim é preciso entendê-lo a gente em época de vestibular fica assim mesmo tá certo ele faz mal de mis-

turar tanto estudo com esse negócio de raça mas nem tudo que ele fala está errado só não pode é ter banzé logo hoje o pai é melhor ficar quieto no seu canto depois dessa de exemplificar ideias quebrando garrafa parece que se entusiasmou vou falar com jeito mas tenho que ser firme senão o pai perde a calma e a encrenca tá feita parece não ouvir por que também não dei um pouco de atenção pro Lino todo mundo aqui em casa despreza ele não me custava nada ir num centro qualquer de umbanda e fazer lá um benzimento enfim o filho é meu mas ia ser aquele falatório a mãe na certa ia começar com a sua ladainha... ninguém tem mais religião nessa casa... coitada parece até que está chorando eh meu Deus o pai...

Tico, até então com o filho no colo, entrega-o a um homem branco:

Compadre, segura o Luizinho aqui, faça o favor. Pode levar ele pro quarto. A Zuleica está lá. É... lá no quarto do papai.

Aumenta a tensão na sala.

Ouviram todos vocês? Eu acabo de dizer, com este exemplo nas mãos, da quebra da nossa identidade negra. Ouçam o nome de meu adorado sobrinho: Luizinho... Já não chega o sobrenome Oliveira? Luiz é nome de qual ancestral? Refere-se a qual matriz cultural? E, minha gente, o nome é de origem francesa. Significa defensor do povo...

Paulino! – Tico, tocando o irmão bem de leve, apela. Não recebe atenção.

... que não é nosso povo. O meu sobrinho é, pelo significado do nome, defensor do povo francês. E o seu povo? Aí está a violência da mesma forma que estava nessa garrafa. Vejam, estes cacos na minha mão oferecem menos perigo do que o conteúdo. O álcool é o pior inimigo da nossa raça.

Filho, escuta sua mãe...

E reparem na contradição: minha família, depois de negar suas raízes, com esse batizado, ainda tenta me impedir de falar. A alienação é dupla. Querem me impor censura! Fosse o nome escolhido um nome africano, como por exemplo Kalungano, Sawandi, Kwame, Omowale, ou uma dijina das nossas verdadeiras religiões, e eu não estaria aqui dizendo estas palavras. Mas, com nome africano cartório põe areia, não é mesmo? E nós o que fazemos? Recuamos, ao invés de reivindicar o direito à identidade cultural. Você aí, que é o padrinho, eu percebo que está rindo de mim. Claro, você é branco. Um branco padrinho de preto. Mais um!

Cala a boca, Paulino! – murmura Belmiro, avançando.

Joana, imóvel, teme pelo irmão. Antevê uma desgraça.

Dona Isaltina traz agora o rosto banhado de lágrimas. Tico se põe entre o pai e o irmão. Segura o genitor levemente. Olham-se nos olhos. Belmiro tem ódio nos pensamentos. Paulino, no entanto, continua:

E digo mais: enquanto nós negros continuarmos a ter padrinhos brancos...

Tico, sai da frente, filho. Eu preciso dar uma lição nesse moleque. Sai, Tico, ou eu não respondo por mim – salienta Belmiro, com as mãos trêmulas, olhos turvos e a voz vibrante.

Calma, pai. Eu vou dar um jeito nisso.

... que zombam dos nossos verdadeiros valores, nunca vamos ter dignidade. A nossa religião não vai iniciar nenhuma criança. A gente tá se destruindo!

Uma convidada retira-se para a cozinha, puxando os dois filhos. Demais convidados procuram também se afastar de Paulino para outros cantos da sala ampla ou outros cômodos.

Zuleica, com o rosto tenso, olhar determinado, entra.

Que barulheira é essa aqui?! Lá vem você de novo estragar a festa, rapaz!? Cala essa boca! Se quiser pôr nome africano, põe no **teu** *filho. Vai fazer filho primeiro. Me larga, Tico! Agora eu não vou deixar passar. Esse teu irmão tá pensando o quê? Tá pensando o quê* – dirige-se a Paulino aos berros – *hein, macaco de óculos?*

Você pra mim não passa de uma mulata do Sargentelli.

Eu vou te mostrar, seu pedante de meia tigela...

Mágoas passadas acionam o impulso de Zuleica. É bonita e se orgulha de ter conseguido um perfeito alisamento dos cabelos. Desenvolvera o cacoete de jogá-los para trás. Adora dias de muito vento. Sentia um incômodo ao ver mulheres com seus cabelos naturais. A onda de cabelo black fustigara Zuleica na sua vaidade. Várias vezes expressara-se contra: *Eu, hein!... Usar cabelo picumã? Eu não!...* E foi uma frase semelhante o início da animosidade com o cunhado. Tendo entrado no quarto, sem ser percebido, ele escutou a conversa que ela mantinha com Joana. Intrometeu-se. Na discussão flecharam-se de ofensas. Restou mágoa, muita mágoa de ambos os lados. E a necessidade do revide que está se pondo em marcha.

Eu vou te mostrar, seu merda!

Zuleica arranca o sapato de salto. Investe contra Paulino. Tico segura-a pelo punho com dificuldade. Belmiro avança. Caem juntos, sobre a mesinha de centro, pai e filho adversários. Joana abre a boca no mundo. A mãe:

Acuda, minha Nossa Senhora Aparecida! – grita e coloca as mãos na cabeça, em pranto convulsivo. Convidados trombam-se na porta. Berreiro da criançada. A televisão cai da estante...

Luizinho, de barriguinha cheia, dorme no quarto e

15

sorri com a sensação do cocô quentinho indo manchar o lençol sobre o qual fora deixado inteiramente nu.

A vizinhança solta a imaginação e chama a polícia, que chega bem depois do "deixa-disso" ter colocado os móveis no lugar e as pessoas no juízo.

No congelador, quatro garrafas de champanhe francês legítimo aguardam o desenrolar da festa.

Luz em horizonte fechado

Moacir para a bicicleta em frente ao lava-rápido. Chama e espera que o seu irmão Téo saia para apanhar a marmita preparada com esmero pela mãe. Depois de algum tempo e várias tentativas sem sucesso, resolve descer e enfrentar o mal-estar que lhe causa entrar naquele lugar.

Há um só carro estacionado. É o do patrão. Pensa: "Será que aconteceu alguma coisa?" Bate palmas. Às suas costas ouve a voz de Carol. Ele treme e, por um momento, permanece estático. Volta-se. O escorregar da alça da blusa pelo ombro da moça nele aciona um calafrio. Recua. Baixa os olhos.

Em outras ocasiões, quando ali trabalhava, chegara mesmo a seguir em direção ao banheiro para lavar o rosto, se trancar e rezar profundamente para afastar o demônio que, certamente, devia estar habitando o corpo de Carol e ameaçava saltar para o seu.

Naquela época, mesmo que ela pouco aparecesse por ali, ele fazia o possível para não vê-la. Empregada de um contador, vinha trazer ou pegar algum documento e efetuar eventuais serviços de escritório. Na primeira vez que se deparou com ela, algo no dentro de si se alterou. Achou por bem evitá-la, tímido que era. Seguia sentido oposto ao dela, se coincidisse sair na mesma hora.

O certo é que a beleza de Carol é surpreendente, pois sendo negra ela não usa chapinha; alta e elegante, jamais calça sapatos de salto; fala bem e não é pedante; veste-se com esmero e simplicidade; esguia, seu andar um bailado de curvas em fremente automassagem; os lábios, de um desenho carnudo e belo, espelham o chamamento de um beijo. Para Moacir o fato de ela cursar faculdade de administração e ele o terceiro ano do ensino médio agrava seu ímpeto de afastamento. Em diversos itens se sente inferior a ela. Ainda, a educação religiosa rígida o coloca mais à margem dos galanteios próprios de rapazes da sua idade.

Agora que não mais trabalha no lava-rápido, ao invés de se sentir mais distanciado daqueles incômodos provocados pela presença da jovem, a cada vez que se depara com ela, sente o agravamento de seu desequilíbrio. Não quer demonstrar o que sente.

Oi,

ela diz, sem estender a mão para apanhar a marmita.

A voz soa estranha e o olhar traz nuvens de choro.

O que foi?,

ele pergunta, encostando a bicicleta no muro. Ela emudece, jogando o olhar para bem longe.

Aconteceu alguma coisa?,

ele insiste e continua.

O que foi? Fala!

Levaram eles!

Quem? Levaram quem?

O Téo e o Cid.

Levaram o Téo por quê? Quem levou?

Só se importando com o irmão, toca o ombro de Carol que se lança nos braços dele. Um turbilhão quente une os dois intensamente. Apertando o rapaz e sendo apertada, ela chora. Ele, apesar da notícia do desaparecimento do seu irmão e do patrão, sente-se encontrado.

O calor daquela mulher revela algo profundo dele mesmo como um vapor que se dissipa da superfície de um espelho interior.

O turbilhão emocional inesperado está passando. Ambos recuperam certo equilíbrio. Sentem que acabaram de transpor um limite que os mantinha até então equidistantes. Ele pergunta mais. Ela relata:

19

Eles vieram até aqui. Eram três. Já chegaram apontando as armas. Mandaram os dois deitar no chão. Algemaram. Eu estava chegando. Fiquei com medo. Vi tudo do outro lado da rua, do ponto do ônibus. Aconteceu muito rápido. Os caras ainda foram até o escritório. Reviraram tudo e levaram as três CPUs. Quando saíram, um deles ainda me olhou. Parecia que me ameaçava. Eu estava sozinha. Marquei no relógio: era oito e cinquenta. Não vi a placa.

As suspeitas dele estão agora se confirmando. Fez vista grossa diante dos efeitos positivos da atividade do irmão. Enganara-se com fantasias para justificar o dinheiro que Téo passara a receber, não-condizente com o trabalho diário no lava-rápido. Contudo, o progresso do pequeno estabelecimento, que começara em um terreno baldio, mangueiras simples, baldes, panos de chão e aspirador de pó, caseiros, e atingira um galpão colorido, esguichos de água e aspiradores industriais modernos, além da loja de conveniência onde Carol passara a trabalhar, tudo aquilo mascarou a verdade. Com o presente de aniversário, mais aderiu à falsa ideia de licitude dos negócios do irmão e Cid, tio de Carol. E Moacir possuía a noção daquela atividade, pois fizera parte dela durante três meses, bem antes de o patrão iniciar os investimentos de melhoria do espaço e dos equipamentos. Sua motivação de se afastar daquele trabalho, para o qual fora levado pelo irmão, além da presença desconcertante de Carol, foram as experiências com atividades extras de ir buscar ou entregar pacotes cujo conteúdo desconhecia.

Fora três vezes entregar as tais encomendas e o dobro de vezes fazer entrega de pacotes bem menores. Recebera-os de um mesmo indivíduo em lugares diferentes. Três bares em bairros distantes. A cada vez os pacotes aumentaram de tamanho. O primeiro em torno de meio quilo, o segundo de dois e o terceiro de três. A entrega, a pessoas diversas.

Da última vez, o indivíduo, de nome Danilo, fizera-lhe uma advertência para evitar retornar por uma avenida, porque nela se encontrava um comando da polícia. Obedeceu, cortando caminho, porém fazendo um trajeto bem mais longo. Chegou com o coração a galope. Deixou a bicicleta no chão e disse ao irmão que, descendo de um veículo, veio encontrá-lo para pegar a mochila:

Pega essa droga! Tô fora.

Que isso, moleque Moa? Tá nervoso por quê?

Não vou mais pegar, não vou levar nem trazer bagulho pra ninguém.

Fica calmo aí, moleque Moa!...

Téo, depois de colocar a mochila nas costas, abraçou-o e, tirando uma nota de cinquenta reais do bolso, abriu-lhe a mão direita dizendo:

Taí, ó! Pro lanche na escola.

Ele, sem rejeitar o dinheiro, dirigiu-se para o vestiário, pegou o casaco, cadernos e livros. Depois foi à loja de conveniência e disse para Carol:

Fala pro Cid que amanhã eu não venho mais. Arrumei outro serviço.

Mentiu e, pela primeira vez, olhou no fundo dos olhos da moça e neles sentiu algo reservado para ele, como se uma janela sempre fechada tivesse sido aberta por um segundo. O chão lhe faltou com a possibilidade de perder aquilo para sempre.

Tchau!...

disse, acrescentando em pensamento "eu volto". No dia seguinte, depois de avisar a mãe que não ia mais trabalhar com o irmão, sem explicar o motivo, saiu para procurar um novo emprego, o que conseguiu como caixa de um supermercado. Quando ele retornou, a genitora teve o alívio de sua preocupação maior: um trabalho para o filho, não só por conta do sustento da casa, cuja viga-mestra – seu antes bom marido – a havia abandonado. Tinha convicção de que a ocupação evitava as más companhias. A carteira de trabalho assinada era um salvo-conduto.

Desde que pedira demissão, ele se distanciou do irmão, embora, todos os dias, se incumbisse de, depois de almoçar, levar-lhe a marmita que a mãe preparava com esmero em meio às atividades de lavar e passar roupas que ela, em geral, entregava à tardinha. O irmão não gostava daquilo, porém não ousava recusar aquela prova de carinho da mãe.

O irmão não fez comentário sobre a demissão de Moacir. Agiu como quem prefere a superfície das coisas para evitar as correntezas do fundo. Procurava, entretanto, agradá-lo com elogio ou alguns presentes, como no dia do aniversário. Quando Moacir chegou, depois do curso noturno, não conteve a alegria. Era um laptop da Apple, encimado por um cartão escrito: "Ao meu melhor amigo, meu irmão Moa. Do seu mano, Téo". Aquilo coroava seus 18 anos.

Aí, moleque, agora já é de maior. Precisa se conectar melhor,

havia dito o mais velho, sorrindo, pela manhã.

Ao ler o cartão, o aniversariante entendeu a mensagem cifrada no começo do dia. Faria trabalhos de escola, acessaria emails e redes sociais sem precisar penar com o antigo micro, agora já encostado num canto e sem conserto. Depois do entusiasmo, porém, a preocupação: a origem do dinheiro que permitira aquela compra. Uma águia de culpa pulou sobre seus ombros. A mãe, que presenciava a cena, espantou-se:

23

Ué, Moacir, teu irmão te dá um presentão desse e você fica aí com essa cara de tristeza?

Não é isso não, mãe. Só tava pensando. Também tô meio cansado. Fim de mês a gente trabalha dobrado. Parece que todo mundo resolve fazer compra no último dia do mês... Até o dia 10 é pau!

Agora, ali, abraçado com Carol, sentindo o impulso de fusão, uma nuvem de arrependimento surge com ameaças de tempestade e frio, diminuindo seu êxtase afetivo e erótico, que fez Carol mais se aproximar dele. Precisa voltar para o trabalho, mas o paradeiro de Téo aponta-lhe o caminho do desconhecido. Ele não sabe o que dizer em face de sentimentos tão misturados. Por fim, consegue balbuciar.

Vai dar tudo certo...

E beija-a como nunca beijou alguém na vida, com todo o seu ser, no ápice do movimento intenso dos lábios e das línguas de ambos. Ele perde o controle. Quando o líquido aquoso escorre-lhe pela coxa, livra-se da moça, sobe na bicicleta e, iniciando com zigue-zagues, segue o caminho contrário do trabalho, dizendo apenas:

Eu te ligo...

A vergonha segue na garupa agarradinha com o medo.

Quando entra em casa, a mãe grita do tanque.

Quem taí?

Sou eu, mãe. Esqueci um negócio. Já vou sair.

Lava-se, troca de calça, coloca a lavada debaixo do colchão e ganha novamente as ruas sem saber para onde ir. Segue por uma avenida na contramão, livrando-se dos carros rente ao meio fio. Depois, com o início dos estacionamentos de veículos à esquerda, passa para o sentido do fluxo. A lembrança do irmão preso e de Carol se substituem freneticamente como em um jogo acelerado de cartas. Um carro canta os pneus na frenagem e uma ofensa racial apunhala o ar. Ele reage aos gritos com palavrões. O chofer desce. Olha-o com ódio. Parecendo, no entanto, reconhecê-lo, diz:

Ô, neguinho, tá nervoso?

Eu tenho nome, mané! Não respeita ciclista não!?,

retruca, mesmo reconhecendo o indivíduo de quem recebera, meses antes, os três pacotes.

A bicicleta está caída intacta na calçada, Moacir tem toda a musculatura retesada. Encara o branco. Este tem substituído o rubor do rosto e da calvície, desde que desceu do carro, por uma palidez acentuada. Várias pessoas param a fim de assistir ao desenrolar da contenda.

Não tenho medo de ti, não, tá ligado!?

Fica frio, garoto...

Que garoto o que, meu chapa! Me respeita, falou!?

O sujeito avalia que o físico e a disposição do oponente diminuem a sua chance. Tenta buscar uma conciliação:

Vamo trocar uma ideia, chegado,

diz para Moacir, ergue a bicicleta e continua:

Foi mal. Quando eu te vi já tava quase em cima.

Os curiosos vão retomando seus trajetos enquanto a temperatura entre ambos vai diminuindo com a sondagem de olhos.

Como é teu nome?

Tu não me chamou de macaco?

Foi só um desabafo na hora da raiva. Vamo deixar pra lá, meu. A gente é conhecido. Tu não é lá do lava-rápido do Cid? Pô, até me lembro, teu nome é Moacir, não é?

E o teu é Danilo.

Não, não é não. Mas, deixa pra lá... Quer tomar um café ali na padaria?

Tô atrasado.

Tá. Então, vai na paz.

O outro lhe estende a mão. Sem retribuir, Moacir observando-o, questiona:

Cadê meu irmão?

Teu irmão? Quem é o teu irmão?

O Téo.

Téo... Ah, o de cabeça raspada, certo? O capoeirista?

Judoca!

Ah, certo. Eu... Eu não sei nada dele. Por quê?

Sabe, sim!

Olha aqui, irmãozinho, eles vacilaram, entendeu?...

O outro diz e vai se aproximando do carro. Quando tenta abrir a porta é pego pelo pescoço. Um murro violento lança-o na calçada com a boca tingida de vermelho. Ao se levantar, recebe um chute no rosto e, mais uma vez, é atirado ao chão. Puxa um canivete automático, mas a bicicleta é lançada em cima dele. Ao perceber que o sujeito está imóvel e sangrando muito, Moacir levanta a bike e sai pedalando, depois de arrancar o cordão de prata que Danilo trazia no pescoço.

Ao chegar ao lava-rápido, um alvoroço. Familiares de Cid discutem e alguns choram. Carol está entre eles. Moacir sente um aperto. Carol se aproxima. Abraça-o. Moacir retribui, apertando na mão direita o cordão do irmão com a imagem de São Jorge. Ela sussurra:

Mataram o Cid...

E o Téo?

Sinal de mensagem no celular:

"E aí, moleque Moa!?..."

Saída

Jurandir precisa parar de beber, mãe!

Eu digo isso todo dia a ele. Mas, entra num ouvido e sai no outro.

Desse jeito vai acabar morrendo esturricado de tanta pinga!

Mas, o que eu vou fazer, Dorinha?

Leva ele em algum centro.

Já levei. Chegou lá o caboclo disse que ele precisava tomar banho com ervas. E você tomou? Nem ele! Chegou aqui, foi direto pra debaixo da pia, caçou a garrafa e tomou um porre que só vendo.

Por que a senhora não quebra essas porcarias? Ou então dá sumiço. Não deixa parar nenhuma cheia. Fala que o espírito bebeu.

Ah, minha filha... Falar é fácil. Você, como já se casou e está lá com seus problemas, não sabe o que eu passo aqui com esse teu irmão. E, vira e mexe, se queixa de dor no peito. Não sei que mal eu fiz a Deus. O único filho homem...

O que é que tem o filho homem? Homem aqui sou eu! E daí? Já tá todo mundo fofocando a minha vida, é? Olha aí como ele chega. Está sentindo o bafo? É assim...

A filha evita encarar o irmão. Levanta-se e vai para a janela do casebre. Lembra de antigas brigas domésticas. Contempla as crianças da vizinha, inteiramente envolvidas em seu jogo de bolinhas de gude no quintal de terra. Jurandir tem os olhos injetados. Sua. Mantém-se de pé com dificuldades. Dora desperta-lhe um imenso ódio. A onda habitual de vingança levanta-se nas vagas do seu pensar. Vingança de quê? Não sabe. Seu desejo é o de sempre: agredi-la com violência. Contempla a roupa da irmã. "Roupa de madame...", diz consigo mesmo. E a inveja salta-lhe da boca:

A boneca já veio trazer esmola de novo?

A mãe toma as dores:

Se você trabalhasse, a Dorinha não precisava ajudar. Mas você não quer nada com o batente... E deve dar graças a Deus dela vir. Porque só com o meu dinheiro da pensão que seu pai deixou é que a gente não ia conseguir viver.

Ah, a senhora só sabe defender essa franga aí.

E vê se para de provocar sua irmã. Vai dormir, vai! Vai curtir sua pinga na cama. Não fica enchendo os outros.

Jurandir internaliza as agressões. Fala para dentro,

rumina: "filha da puta pensa o quê só porque tem dinheiro... o caralho! teu macaco não é o bom, não... tá pensando... negrinho veado veado mesmo bunda-mole bundeiro só porque tem carro pensa que vai tirar um sarro na minha cara e tu também pensa que eu não sei que tu chifra ele... piranha e veado eu não tenho dinheiro mas tenho moral pergunta no bairro quem é o Jura todo mundo sabe porra se foder eu bebo e pronto se foder... não fosse a velha que a velha estraga tudo... não fosse a velha faca faca faca faca faca faca eu não sou otário tô a fim de acabar contigo faca faca faca faca... aí manda o neguinho pular no meu peito quero ver..."

Sai do caminho, Jurandir. Não vê que eu quero fazer comida?

Não grita comigo! A senhora é mãe mas não é patroa. Não gosto de grito comigo. Num tô bêbado não!... – articula com dificuldade as palavras e sai cambaleando para o quarto único, onde cai sobre um sofá precário e dorme, balbuciando palavrões.

Viu? – diz a mãe. E continua: *É assim todo dia. Eu saio de manhã, ele fica dormindo. Quando volto, cansada de passar roupa na casa dos outros, ele está aí, com os olhos pegando fogo e falando bobagem. Eu já ando cheia. Qualquer dia desses... Nem sei...*

Ele não quer saber de trabalhar mesmo?

Emprego hoje, você sabe, é aquela dificuldade pra achar. Ainda bebe. Aqui na favela tem um montão de homem sem ter o que fazer. Sol quente, ficam à toa. Só não sei onde é que arranjam dinheiro pra cachaça. Seu irmão já nem sai mais atrás de trabalho. Fica por aí com os outros. Um dia veio com a boca que só vendo! Disse que caiu. Mas só pode ter sido briga. A boca parecia uma pipa de inchada, a camisa cheia de sangue.

Dora, com os olhos baixos e as mãos juntas como um casal de estranhos, comprime os pensamentos, tentando achar uma saída. Não há. Tudo aponta o caminho do sonho, da fantasia: loteria federal, milagre que curasse o irmão mais velho... Abandoná-lo à própria sorte era uma ideia ousada, porém cruel. A mãe não admitiria ser levada daquele lugar sem o filho. Amava-o, contudo. E Jurandir declinaria com mais rapidez rumo à sarjeta.

Iiiiii, minha filha, o gás foi acabar justinho agora!

A senhora não tem outro botijão?

E o seu irmão não vendeu? Me falou que roubaram. Mas, quando ele dormiu, fui ver nos bolsos dele e achei dinheiro. Pela metade, mas tinha. Até hoje jura que não vendeu. E pensa que me tapeia. Além de tudo é mentiroso.

Então, vamos tirar esse e mandar buscar um cheio. Eu dou o dinheiro. Pega!

Muito obrigada, filha.

Eu não vou dar o dinheiro do mês hoje porque o Alex ainda não recebeu. E o meu pagamento lá da loja, a senhora sabe, é tão pouco...

Ah, não se preocupa.

A mãe vai para o quarto.

Jurandir, acorda! Vai ali na venda buscar o gás que acabou. Acorda, Jurandir! Oh, meu Deus, que cachaça danada! Deixa ele, mãe. Não tem nenhum vizinho?

É, eu vou ver se algum moleque pega pra mim – responde a velha, saindo para o sol.

Dora contempla o irmão imóvel, de bruços. Imóvel! Um pavor percorre-lhe a espinha, fazendo-a tremer.

Jurandir! – chama com a voz sumida.

A imobilidade do outro emite uma resposta vazia. Silêncio de veludo, repleto de espinhos. Observa a respiração. Nenhuma. Sacode o irmão várias vezes, gritando-lhe o nome. Não, não é mais o irmão. Apenas um corpo quieto, à mercê das bactérias.

Dora, um inverno repentino. Duas lágrimas embaçam a cena. Depois desabam. Uma ideia salta: "Levo a mãe daqui. Para sempre. Meu Deus, ele pode estar vivo!" Sacode-o fortemente. Nada.

Pavor! A mãe vem voltando. Cantarola um antigo partido-alto, desses que deixam a gente de bem com a vida.

Dupla culpa

Cândido matou o dono do bar com dois tiros na cabeça. Gota d'água: caderneta de conta fiada.

Mas que litro de vinho é esse que está anotado aqui, Seu Joaquim?

Oh, meu caralho! Sempre que vens pagare queres criar caso! Dest'jeito não t' vendo mais fiado. A partir de hoje acabou. Só a dinhairo.

Olha aqui, português, já ouvi essa lorota um bocado. Se quer vender, vende. Se não quer, enfia a tua mercadoria no rabo.

A expectativa arregala uma dezena de olhos. No termômetro da conversa as palavras ultrapassam a febre. Joaquim ferve:

Eu vou enfiar tudo é no rabo da tua mãe.

Vai à puta-que-te-pariu, que ninguém fala da minha mãe assim, seu filho da puta!

Pagas o que me deves, depois cai fora! Que eu já te chamo a polícia já.

Eu vou é te meter a mão na cara! Sai daí de dentro, ladrão! Quer me roubar. Nunca comprei vinho nenhum. Sai! Sai que eu vou te ensinar a não pôr a minha mãe no meio da conversa. Sai, veado! Corno! Veja lá qu'estais a me deixar nervoso, macaco do caralho! Se não sair eu vou aí te buscar! O dono da padaria salta o balcão com uma enorme faca. Não tem chance. O outro já sacou o 32.

Cândido caiu no mundo.

Depois de tanto subir e descer de ônibus, caminhou por um bairro longe, desconhecido, o revólver na cintura, coração esmurrando o peito e a imaginação torpedeando cenas de sofrimento futuro. Tinha passagem pela polícia. Quando o pegassem iam na certa "arrepiar" de porrada. Cenas passadas vinham gritar: Cuidado!

Olhar se encompridando para frente, para trás. Um carro da polícia vira a esquina. Descem guardas com metralhadoras e... Não. A rua está deserta. Precisa controlar a imaginação. São esses medos, esses pensamentos fortes querendo ser realidade. "Tenho de achar um lugar pra ficar, senão estou fodido. Me embocar no mato não dá pé. Se alguém vê!... Além disso, onde eu ia parar? Agora, pra todo efeito, sou um trabalhador qualquer, carteira assinada, vestido como gente. Porra, preciso saber que lugar é esse. Será que vai chover? Se chover, danou-se!"

Adiante, um bar. Risadas. Vai chegando. Três homens discutem futebol. Zombam uns dos outros.

Domingo, se o Peixe meter a botina, vai lá o Timão e faz gol de falta, ah.. ah... ah... Duas bolinhas na rede no primeiro tempo e mais uma no segundo.

Nada, rapaz! São Jorge vai cair da lua com dragão e tudo. Bem na boca da Baleia, tá legal!? Aí já viu, deixa que a moçada da Vila Belmiro dá de goleada, ah... ah... ah...

Marinho, bota mais duas Antártica. Mas, Romeu, que o teu timinho tá mal, tá... Até a Ponte Preta pescou Baleia!

Calma aí, meu chapa. 'Ce viu o jogo? Viu? O Santos jogou dez vezes mais que a Ponte. Aí, o que deu? Um pênalti roubado!

Ah, sai dessa!...

Conversa suspensa. Reparam aquele sujeito parado à porta do boteco, o espanto estampado no rosto. Cansaço bombeando a respiração. Na cintura percebia-se o volume da arma. Os homens desviaram os olhos.

Bebe aí, Cirão. Toma aí, Geraldo.

É... – diz o último – *vou tomar essa aqui e vou jantar, senão daqui a pouco a mulher manda o moleque vir me encher o saco.*

Mudaram de assunto. Cândido dirigiu-se até o dono do bar e pediu:

Uma pinga e dois maços de Hollywood.

Foi servido. Ávido, bebeu em dois goles e:

Dá mais uma. Pode encher.

Os três fregueses pagaram suas contas e se retiraram, comentando baixo a presença estranha. Cândido, sentindo-se com coragem, perguntou:

Onde é que tem ônibus pro centro? Sabe? – e atentou para a resposta trêmula do homem gordo e branco, bastante enrubescido atrás do balcão.

O senhor sobe aquela rua ali, quando chegar na igreja o senhor vira à direita que o senhor chega direitinho no ponto final do ônibus. Ele vai até a Praça da Bandeira.

Cândido agradeceu, pagou e saiu para a rua sem asfalto, sob o efeito da cachaça, fumando. Menos medo de polícia.

No ponto do ônibus, um fardado. Polícia Militar. O pensamento se pôs em guarda. Cândido disfarçou como pôde a arma na cintura, cobrindo-a com a camisa para fora da calça. A imaginação iniciou suas peripécias. "Vai ver que já descobriram. Devem estar fazendo o cerco."

Os pés, chumbo sobre o chão, pensou em lançar fora o revólver. Um grito de sirene saiu da lembrança. Era o tempo dos bailes. Seus vinte anos seguia ao balanço da soul music. Participara de um grupo de dança premiado em alguns concursos. Num deles foi que levou, logo à saída, a primeira prensa da polícia.

Mão na cabeça todo mundo! Encostado no muro! – gritavam os investigadores.

Houve a revista. Cândido tremeu quando um tira colocou a mão no bolso esquerdo da sua calça e dele tirou um pacau de maconha, que ali nunca estivera antes. Um peso violento sobre a nuca, um puxão pelo colarinho. Foi arremessado contra a viatura.

Fumeta! Vai explicar onde conseguiu isso. Guarda o neguinho lá dentro!

Quis gritar: "Não tenho nada com isso. Nunca usei droga. Você que pôs no meu bolso..." Mas o grito não saiu. Assim, como tantos outros, ficou retido em um novelo de angústia bem dentro de si. Empurrado para o interior do veículo policial, sentiu a presença de outras pessoas no escuro, a respiração do medo e da dor. Foram três dias de cadeia, apesar da presença constante da família junto à delegacia. Foi torturado e presenciou de frente o sadismo dos policiais.

Agora, a situação passada parece vestir, com muita justeza, o seu presente. O fardado se mexe e levanta o braço, espreguiçando-se. O ônibus estaciona. Cândido é o primeiro a entrar. O policial segue-o, mas fica, contra a norma, acomodado num banco dianteiro, garantindo seu direito de não pagar passagem. A distância entre ambos

– mais algumas pessoas se interpõem – deixa Cândido mais aliviado. O motorista fuma, conversa com o cobrador e, em seguida, coloca o veículo em movimento.

Quinze minutos por ruas tortuosas, o ônibus recebe dois jovens passageiros. Um pela entrada comum, dianteira, força o motorista a abrir a porta de trás, por onde o outro adentra. Apontam os revólveres:

Ninguém se mexe. Se mexer nós queima. Vamo!... Todo mundo passando a grana.

O policial se avermelha com a afronta. No primeiro banco é desarmado rapidamente. O mesmo assaltante volta-se novamente para o motorista:

Sai daí, xará! Não banca o espertinho não, senão a gente te detona. Lá pro meio! Todo mundo lá perto da catraca.

Golão – diz o outro – *você pescou um "meganha"...*

Cuidado com ele! – diz e volta-se em direção a Cândido: *'Cê aí, negão, pode levantar! Se vai dar uma de marrudo, queimo já.*

Cândido levanta-se e segue em direção à roleta como os demais.

Espera aí, meu chapa! A grana! E me dá esse "berro" aqui também, malandro! – e tira-lhe o revólver da cintura.

Ao todo seis pessoas. Todos homens, olhos saltados esperando o pior. Um dos bandidos diz em tom jocoso:

Pirulito, vê se o meganha tem algema na cintura.

Tem sim.

Então prende ele na roleta.

O outro, depois de ter se apossado de todo o dinheiro do cobrador, cumpre a ordem. O policial, fera acuada, tem os olhos injetados de humilhação, ódio e medo.

Por fim, os ladrões saem como haviam entrado: armas apontadas, bradando insultos e ameaças. A rua escura e despovoada é o cenário de abandono dos passageiros. Já fora, os dois jovens atiram contra o pára-brisa do veículo e correm noite adentro. O medo havia enlaçado os assaltados. Todos se abaixam pensando novos tiros. O guarda vomita um palavrão. Cândido, depois de empurrar o motorista, sai em desabalada carreira. Alguém grita:

Pega! Pega! Pega!...

Intensa fuga. Perde-se de novo entre becos e ruas, subidas e descidas. Depois de atravessar o interior de uma favela, caminha por uma alameda iluminada, em bairro de classe média.

Uma sirene rasga o ar em sua direção. A luz forte do holofote projeta-se sobre ele. Quer correr, mas num ímpeto salta o muro de uma casa e cai sobre a relva com um tiro na nuca.

Boneca

Nenhuma! Cansou de tanto andar. Perguntara muito. Ouvira respostas de todo tipo. Algumas vezes reagira à escassa delicadeza de certos balconistas e mesmo às ironias finas. Em outros momentos fora levado à autocomiseração, depois de ouvir, por exemplo:

Sinto muito!...

Ou:

Queira nos desculpar... A fábrica não fornece, sabe?...

Desanimar? Não. Não havia porquê desistir de encontrar o presente de Natal para a filha. Ele estava em plena forma física de seus 33 anos. Além disso, era como se a pequena o conduzisse pelas ruas do centro comercial. Continuar a procura, mesmo pisoteando o cansaço, era uma missão.

Com entusiasmo, entrou na loja seguinte. Cheia! Aguardou pacientemente. Uma mocinha branca, de ar meigo e aspecto subnutrido, indagou:

O senhor já foi atendido?

Não. Por gentileza, eu estou procurando uma boneca...

Temos várias. Olha aqui a Barby, a Xuxinha... E a loirinha foi apanhando diversas bonecas. Colocava-as sobre o balcão, como se escolhesse para si. *Olha que gracinha esta aqui de olhos azuis! É novidade. Chegou ontem e já vendeu quase tudo. Chora, tem chupeta, faz pipi... E essa outra aqui? Não é uma graça?* E levou ao colo a ruivinha de tom amarelado, bem clarinha. Mexeu-lhe os bracinhos e as perninhas e indagou: *Não gostou de nenhuma?*

É que estou procurando uma boneca negra...

Meia hora de espera.

Tem sim! – o dono da loja dirigia-se à empregada: *Procura melhor, na prateleira de baixo, lá em cima mesmo, perto da pia.*

A moça subiu de novo a escada, depois de sorrir um submisso constrangimento.

Desceu mais uma vez, recebeu novas instruções e tornou a sorrir. Em seguida, do alto do mezanino, mostrou o rostinho gorducho, marrom escuro, de uma boneca. Radiante, a balconista empunhava-a como um troféu. Assim desceu a escada. Mas, descuidando-se nos degraus, despencou-se. Todos se apavoraram. As colegas de trabalho foram em socorro.

Nenhuma fratura. Apenas um susto. O patrão exasperou-se, mas logo conseguiu controlar-se, vermelho como pimenta malagueta. A loja estava cheia. Foi atender o cliente:

O senhor desculpe a demora e o transtorno. Mas, não foi nada. O importante é que encontramos o produto. Está em falta, sabe?... Eles não entregam. Eu mesmo encomendei a semana passada. Mas o representante disse que a firma está exportando para a África. Está certo, mas aqui também tem freguês que procura, não é? O senhor é brasileiro?

Sim.

Então... – o homem engoliu a frase e preparou a nota.

Já na rua, o pai, entre tantos pensamentos, alguns desagradáveis, lembrou da descontração a que fazia jus, depois de suar expectativas naquela manhã de dezembro. Respirou fundo. Contemplou o lindo embrulho de motivações natalinas, em que se destacavam o Papai Noel, crianças louras e muita neve. Seguiu, os passos lentos, em direção a uma lanchonete.

Vai uma loura gelada aí, chefe? – pronunciou o balconista ao vê-lo sentar-se junto ao balcão.

Sorriu, confirmando com um gesto de polegar.

Ao primeiro gole de cerveja, sentiu-se profundamente aliviado e feliz.

Incidente na raiz

Jussara pensa que é branca. Nunca lhe disseram o contrário. Nem o cartório.

No cabelo crespo deu um jeito. Produto químico e fim! Ficou esvoaçante e submetido diariamente a uma drástica auditoria no couro cabeludo para evitar que as raízes pusessem as manguinhas de fora. Qualquer indício, munia-se de pasta alisante, ferro e outros que tais e...

O nariz, já não havia nenhuma esperança de eficácia no método de prendê-lo com pregador de roupa durante horas por dia. A prática materna não dera certo em sua infância. Pelo contrário, tinha-lhe provocado algumas contusões de vasos sanguíneos. Agora, já moça, suas narinas voavam mais livremente ao impulso da respiração. Detestava tirar fotografias frontais. Preferia de perfil, uma forma paliativa, enquanto sonhava e fazia economias para realizar operação plástica.

E os lábios? Na tentativa de esconder-lhes a carnosidade, adquirira um cacoete – já apontado por amigos e namorados (sempre brancos) – de mantê-los dentro da boca.

Sobre a pele, naturalmente bronzeada, muito creme e pó para clarear.

Lá um dia, veio alguém com a notícia de "alisamento permanente". Era passar o produto nos cabelos uma só vez e pronto, livrava-se de ficar de olho nas raízes. Um gringo qualquer inventara a tal fórmula. Cobrava caro, mas garantia o serviço. Segundo diziam, a substância alisava a nascente dos pelos. Jussara deixou-se influenciar. Fez um sacrifício nas economias, protelou o sonho da plástica e submeteu-se.

Com as queimaduras químicas na cabeça, foi internada às pressas, depois de alguns espasmos e desmaios.

Na manhã seguinte, ao abrir com dificuldade os olhos, no leito de hospital, um enfermeiro crioulo perguntou-lhe:

Tá melhor, nêga?

Ela desmaiou de novo.

Preto no branco

Betão namorava uma garota, lá do bairro do Maxixe. Aquela confusão de sempre: pai que não quer, mãe que não gosta, irmão que dá em cima... Mas, a moça se apaixonou por ele a ponto de ir contra tudo e todos. Passou por cima dos preconceitos da família e botou seu amor dentro de casa. Os móveis devem ter tremido, o feijão queimado e a vizinhança, certamente, deve ter feito hora extra na fofoca.

Foi sábado à tarde. Sentado, na sala, meu camarada conta que ficou sozinho, envolto pelo ar pesado. A namorada saiu pra fazer sei lá o quê. Ele começou a olhar os quadros na parede. Um deles, a santa ceia de sempre, com Jesus no meio e o Judas ao lado, a fim de meter a mão na taça. Segundo o Betão, o saco de dinheiro do Judas era gordo demais e devia ter mais de trinta moedas. E os apóstolos, todos com ares de que sabiam que o safado já havia passado o Cristo nos cobres. Meu amigo é ótimo em fazer comparações!... Segundo ele, o saco pendurado na cintura do traidor dava a impressão de ter dentro uma bola oficial de futebol.

Depois de ter visto uma meia dúzia de fotos – evidentemente não faltou aquela do casal feliz do peito pra cima – ele parou os olhos em uma imagem um tanto amarelada. Era uma patrícia, dessas que não disfarçam a origem. Olhou, olhou... Não era impressão. Fixou bem a mulher de ar solene ao centro de um conjunto indiscriminado de pessoas. Depois, sentou-se, acendeu um cigarro e ficou aguardando, preparado, capoeirista bom que tinha sido.

A gente é amigo de infância e sempre manteve uma conversa aberta, franca. Quando ele me contou o caso pela primeira vez, nosso papo se deu mais ou menos assim:

É gosto pela mulher ou desgosto de ser negro? – fui questionando.

Que isso, Baltazar! Você acha que eu ia negar a raça? – arregalou os olhos.

Continuei:

Vai dar uma de jogador de futebol só porque está com empreguinho melhor, comprou pé de borracha, a favela tá longe?...

Quando cheguei nesse ponto, ele parecia que só olhava dentro dele, assim, como quem estivesse do avesso. Prossegui:

É isso, Betão, vai naquela onda de que amor é cego e no fundo, no fundo, está mais é querendo abraçar uma princesa Isabel. Toda garra de crioulo consciente vai pras cucuias.

Oooooo, Baltazar, vai devagar. Pega macio. Não exagera. Não é bem assim... – replicou ele, sem muita convicção. E acrescentou: *Você é meu camarada, meu irmão de longa data. Não vai achar que eu estou de otário na parada, vai?*

Mas, é melhor você se confundir um pouco agora do que se foder depois. Sabe como é que são esses brancos quando dão pra humilhar a gente! Esse negócio de racismo funde a cuca de qualquer um. Lembra do Elias? Ficou lambendo tanto a mina que ganhou um par de chifre e ainda foi xingado de macaco. Quis sair na porrada e acabou sendo grampeado.

Ele podia ser tudo, mas sabia ouvir. Foi uma conversa de raspar fundo de panela. Ali, nós dois no jogo da honestidade. A gente nem viu a hora passar. E sem birita. Que a situação não era de afogar mágoa.

Mas, voltando à casa dos brancos, a namorada retornou acompanhada de sua mãe que, muito solícita, exagerou delicadezas ao cumprimentar meu amigo. Segundo ele, a mão da mulher parecia mão de defunto. Aí, papo vai, papo vem, a tal senhora fazendo seu inqueritozinho manhoso:

Onde é mesmo que o senhor trabalha, Seu Adalberto?

O senhor tem família? – e por aí afora. Tudo bem à moda antiga. Chegou o pai, cara amarrada, acompanhado pelo filho. O velho já entrou em posição agressiva:

Então o senhor que é o tal de Adalberto?

E o Betão saiu com essa:

Eu não sou então, nem senhor, nem tal. Adalberto Pereira dos Santos a seu dispor – e estendeu a mão. Desarmou. O sujeito ficou sem saber onde pôr a cara e cumprimentou fortemente. O irmão abaixou a cabeça, sem dizer "a", e saiu.

Quando tivemos aquele tête-à-tête, num dado momento ele me disse:

Baltazar, sabe que eu não transei com ela ainda?

O quê? É virgenzinha? – ri debochado.

Não ri que é sério – me olhou com uma fúria pacífica. E foi em frente: *Você é o único a saber desse detalhe, além de ser meu apoio de conversa. Eu e ela, Baltá, a gente se gosta mesmo.*

Mas, hoje em dia não tem mais esse tipo de namoro sem cama.

Sei. Mas, eu preciso testar. Ando a fim de amor, sabe. Você conhece a minha história. É meu melhor amigo. Sabe muito bem que já transei com um bocado de branca. Não é por causa de xoxotinha rosada esse meu envolvimento.

É que a Marli realmente mexeu fundo, mano, aqui dentro. Não tem essa de racismo, não. Minha mãe também já andou dando os palpites dela. Aliás, de novo me torrou a paciência com a história da Verinha.

Sempre ao lembrar da ex-namorada, ele ficava com uma tristeza carrancuda, contraindo os lábios, e seu olhar amortecia. Não sei se de remorso ou simplesmente pena.

Verinha era também branca. Assim, pele um pouco chegada à nossa. Não sei se podia dizer que era parda. Talvez na Europa fosse até considerada mulata ou negra... Sei lá, esse negócio de cor de pele é um pouco complicado mesmo. Apesar de seu cabelo encaracolado e um nariz de meio voo, deve ter sido registrada como branca. Na certa.

Ela se apaixonou pelo Betão numa fase muito conturbada da vida dele. Ele estava brigando na justiça contra um chefe da firma em que trabalhava, por causa de discriminação racial. Não era promovido nunca. Juntou a papelada de tempo de serviço, elogios, e foi pra cima. Mas, como sempre, não deu em nada. Os próprios colegas puxaram o tapete dele. Não foi mandado embora nem sei porquê. Acho que o mandachuva da empresa tinha alguma simpatia por ele. E, não sei se por isso ou por qualquer outra quizila, parece que a Verinha acabou sendo o bode expiatório. Coitada, ficava atrás dele, insistia. E o Betão desprezava. Chegou a me dizer:

Meu negócio com essa daí é só foder. Quando me enjoar, dispenso.

E foi o que fez. Só que ela já não conseguia mais viver sem ele. Não sei se acostumou com o sexo ou era paixão mesmo. É difícil saber essas intimidades. Além do mais, não tive contato muito próximo com a Verinha. Ele próprio parece que evitava. Dela mesma, falava muito pouco. Só comentava sobre a ginástica dos dois na cama. E às vezes me fazia rir de suas acrobacias.

Dela, fiquei com pena depois. Eu, que não tinha nada a ver com o peixe, recebi a visita. Ela estava em prantos, olho inchado de chorar, o transtorno mostrando a cara. Até dói lembrar. Dizia:

Fala com ele. Eu não fiz nada. Faço tudo o que ele quiser. O que andaram falando de mim é tudo mentira...

Sabe quando uma pessoa se arrasta, se torna uma coisa, perde a dignidade? Assim é que ela estava. Eu, pra me ver livre, disse que ia falar com ele. Mas, não meti a colher naquele caldo. Uma, era possível se perceber o cheiro de pimenta. Outra, eu também andava com os meus enredos de lençol bem complicados. Não tinha condições de ajudar ninguém.

Soube depois que a Verinha tinha tomado um bocado de comprimido, baixado num hospital em estado de coma... Por fim, teve alta, e sumiu. A família dela, que era bem desajustada, nem deu a mínima. Passado mais ou menos um ano, eu soube. Ela havia morrido a facadas na boca do lixo. Nessa época, meu amigo já andava às voltas com Marli. Essa eu conheci bem mais. Ele era capaz de deixar eu e ela, sozinhos e pelados, no escuro. E ela? Exagero! Nunca vi veneração tão séria em cima de um cara. Eu fiquei sendo, a partir de um certo ponto, um conselheiro dos dois. Por isso sei muita coisa e posso contar. Eu me lembro que, depois daquela visita à casa de Marli, apesar das dificuldades com a família dela, meu amigo sentia-se vitorioso. Dizia:

Baltá, o velho eu já dobrei. Agora, a coroa é uma parada! Justamente ela. Eu pensei que fosse a mais fácil.

Ela e o moleque – assim chamava o irmão da namorada, aliás, o personagem complicador da história.

O Betão tinha sido promovido a chefe de seção na indústria de calçados. E não é que um dia, adivinha quem apareceu pra ser entrevistado por ele a fim de começar a trabalhar? Exatamente o Rubinho, o tal "moleque". Quando ele entrou na sala e deparou com o Betão atrás da escrivaninha, foi jogo duro. O carinha ficou amarelo, roxo, verde... Olhou pro meu amigo e saiu com essa:

Enfia o emprego no cu. Nêgo nenhum vai me dar ordem!
– e se retirou, batendo a porta.

O Betão saiu atrás dele, mas não conseguiu pegar.

Naquela noite aconteceu a tentativa de homicídio. Meu camarada foi chegando em casa e o tal apareceu empunhando uma faca de cozinha com ponta improvisada. Deu duas chuchadas e se mandou, com o nariz sangrando. Tinha levado um soco.

Betão, ao invés de ir direto pro hospital, pegou o carro e foi até a casa da Marli. É um doido!... Chegou lá e mostrou:

Olha aqui, Dona Vitória. Está contente agora? Foi o racismo do seu filho querido.

A mãe da moça, percebendo o sangue, desmaiou. Marli, que estava em casa, quando viu o namorado daquele jeito, colocou ele dentro do carro, pegou na direção e: hospital. Deixou a mãe aos cuidados da vizinhança que chegou.

Cadeia pro "moleque"! Foi pego pela polícia de madrugada, quando tentava tomar um ônibus na rodoviária. Na frente do delegado, ele deu início à acusação. Disse, entre outras coisas, que o Betão tinha estuprado a irmã dele e feito ameaça a fim de que ninguém soubesse. Marli, 27 anos, não era mais criança pra fazer coro com a birra do irmão. Mas, a denúncia era séria. Meu amigo ia encarar mais uma parada daquelas, entre tantas nos seus 30 anos.

Depois de recuperado dos ferimentos, foi chamado pra

depor quase como réu. Além dele, a namorada, Dona Vitória e seu Venâncio. Marli segurou a barra e submeteu-se a exame. Resultado: virgem.

Uma semana após os depoimentos – o tal Rubinho ainda em cana, mesmo porque era de maior – os dois chegaram lá em casa. Fui convidado, ou melhor, intimado, assim, de supetão. Não queriam discutir a pressa. Aceitei ser o padrinho. Casaram só no civil, alguns dias depois. Pai e mãe dele meio chateados. A presença só de uns poucos amigos. Da família dela, ninguém se fez presente, a não ser uma figura muito amável, de cabelos brancos. Tinha viajado doze horas para assistir à cerimônia de sua neta.

A avó de Marli era real e lindamente negra, como na foto, que deixara meu amigo intrigado na primeira visita.

Não era uma vez

Que humilhação! O sogro empresta o dinheiro, mas não deixa por menos:

Vê se não aparece só pra pedir. Só na hora do azar você lembra que tem sogro?!

Engole seco. Diz obrigado. Precisa de mais, porém não ousa insistir. Despede-se e sai em direção ao metrô. Os pensamentos retomam o caminho do ódio e toda a cena do assalto retorna. Três bandidos entram no coletivo e, apontando suas armas, gritam:

É um assalto!

Quem reagir, morre!

Vamos passando tudo: grana, relógio, carteira, correntinha... Tudo!

Levanta-se e responde no mesmo tom:

Aqui tem homem!

Saca a arma, matando os três assaltantes, cada qual com um tiro na cabeça.

Qual nada! O devaneio vem e vai, mas na realidade o herói teve medo, não reagiu e ficou sem nada. Não teve coragem nem de se mexer. O revólver em casa, enfurnado no guarda-roupa. Entregou o pagamento do mês. Não havia tirado uma nota sequer do envelope. E o relógio? Faltava ainda uma prestação!... Além de levarem, ainda machucaram-lhe o pulso.

Dá essa merda aqui, peão! – dissera o sujeito, com a morte apontada para sua cabeça. E puxara, com violência, a pulseira de metal.

Observa a ferida cicatrizando. Que ódio! Sem notar, apalpa o Rossi na cintura. Ah, se estivesse com ele na ocasião!... Podia morrer, mas pelo menos dois iam com ele pro inferno. Inferno... Inferno era aquela vida dura. Trabalhar feito um condenado, sempre com medo de perder o emprego, e, por fim, ser assaltado no ônibus por uns filhos da puta a quem jamais fizera um mal qualquer. Nem conhecia. Se pegasse um puto daquele, metia bala.

Na noite após o assalto, não conseguira dormir direito. Pesadelos invadiram-lhe a tentativa de descanso. Por duas vezes levantara-se com o 22 na mão.

Mexeram no trinco! Eu ouvi, Tânia. Fica aqui com as crianças. Não sai daqui.

Nada! Pura imaginação desencadeada pelo choque vivido na tarde anterior. A manhã chegou com sua rotina, trazendo um cansaço dobrado. Calou a humilhação no trabalho. Conjeturava: "E se souberem do ocorrido, que eu estou a zero?" Não. Não diria nada. Certamente iam fazer gozação. O ambiente de trabalho era hostil. No refeitório, qualquer assunto era motivo de disputa e menosprezo mútuo. E não fora uma simples discussão de futebol motivo de dois operários se atarracarem e, no final, um sair esfaqueado? Não diria mesmo nada. Apenas o silêncio empedrado deu indícios de que ele não estava bem. Só o encarregado se interessou pelo seu aborrecimento.

O que houve, Jorge? Tá chateado?

Não estou me sentindo bem do estômago – disfarçou, amargando toda a capacidade explosiva de seu drama.

O sogro, além da mulher, fora o único a saber. Mas, viera com aquela conversa. Aproveitara a ocasião para repisar o pisado. Não fosse parente, metia um tiro na cara dele. Não... Ideia absurda aquela!... Coitado do sogro. Não tinha uma situação muito boa também. "Além do mais eu não tenho coragem pra matar ninguém", pensa alto. Transeuntes olham-no.

Chega à estação. A plataforma está lotada. Consola-se por não necessitar diariamente daquele transporte. Sete da noite e a multidão se acotovela. Depois de muito empurra-empurra, consegue entrar no vagão. Por baixo do paletó surrado, confere, a todo instante, de maneira discreta, o revólver. Vai vendê-lo a um amigo. Ainda assim, terá um mês apertado. Algumas contas ficarão para o próximo pagamento. É o único objeto de valor de que dispõe para vender. Mas, hesita. A arma representa segurança. Houve assaltos no bairro... Não venderá. Pedirá algum dinheiro emprestado, deixando o revólver como garantia.

Após três estações, um impulso de rancor e violência arrasta-o. Vê um dos bandidos atravessando a roleta, no exato momento do sinal de partida. Salta para a porta automática. Fica prensado. Força. Consegue sair. Corre na plataforma entre pessoas e malas que se dirigem para o terminal rodoviário. Tem a arma na mão. Onde estará o homem? Para depois da roleta. Funcionários do metrô olham-no assustados. "Vão chamar os seguranças", pensa e guarda o 22. Vê o sujeito ao longe. Caminha rapidamente. Sai da estação Tietê. De novo a silhueta do homem foge de seus olhos. Perscruta. Localiza-o entrando num coletivo urbano. Corre. Consegue entrar também.

O indivíduo, sem perceber a perseguição, com tranquilidade paga a passagem e vai sustentando um pacote e uma sacola de supermercado. Ocupa um dos últimos bancos do coletivo, próximo a porta de saída. No canto. É um banco mais alto que os demais. Sobre a roda traseira direita. Uma senhora senta a seu lado. Jorge Nelson vacila antes de atravessar a roleta. O coletivo põe-se em movimento. Novos passageiros, subindo em outros pontos, impelem-no a ir para trás. Há um lugar do lado oposto. Também no canto. Teme sentar e perder o indivíduo de vista. Contudo, não pode ser notado. Pede licença a uma jovem. Senta-se. Tenso. Do outro lado, o homem parece tranquilo. É o mesmo que o assaltou? Recorda:

Dá essa merda aqui, peão!

Rumina: "Vou matar esse puto!" – alisa o cabo da arma. – "Safado! Agora tá gastando o meu dinheiro suado. Deve estar com o bolso cheio... Minha grana e a dos outros." Olha em volta. E se assaltasse o ônibus todo? Ia levantar um bom dinheiro. Aproveitava e dava um tiro no sujeito. Elas por elas! A ideia esquenta-lhe o rosto e repenica a circulação. Uma senhora idosa, procurando assento, estende os olhos até os fundos do coletivo e dá de encontro com os dele, que imediatamente pensa no insucesso da ideia. Não, ninguém tinha nada a ver com o caso. Só aquele indivíduo. "Também, nunca roubei! Não vou me sujar. O negócio é com ele."

Há gente de pé no corredor. Tenta enxergar o homem. Não o vê. Pede licença à moça do seu lado. De pé, observa: "Cadê o cara?" O ônibus está parando. Empurra algumas pessoas, pois o sujeito já está nos degraus.

Vai descer!... – sussurra para não ser notado. Consegue. O outro parece não o ter visto ainda e caminha tranquilo. Jorge Nelson imagina-o caído em meio aos pacotes. Vários tiros nas costas. "Não, é melhor um só. Na cabeça. Assim dá tempo de fugir e o cara nem grita." A fronte lateja. Sua frio. As axilas, duas esponjas encharcadas. Tráfego intenso nos dois sentidos da avenida. Calçada pouco movimentada. Luzes aconchegantes no dentro das casas acocoradas. O perseguido parece feliz. Dúvidas reproduzem no outro inúmeras imagens do assalto que o vitimou. A vingança a ser concretizada tem no passado recente a sua justificativa. O crime alcança os últimos patamares de sua determinação. A distância garante um tiro certeiro. Jorge Nelson vai sacar a arma. O outro dobra uma esquina à direita. Rua íngreme e em curvas. Iluminação precária. Algumas meninas descalças descem cantando. Televisores parecem acesos em todas as moradias. Programas iguais repetem seus sons. "Melhor – pensa –, assim ninguém vai ouvir o tiro. Será que não?..."

...Tragédia nas Filipinas. O furacão Sugi arrasa 10 aldeias, matando mais de 100 pessoas e deixando mais de 2.000 desabrigadas... ouve do interior de uma residência.

Encostado a um muro, debaixo de uma árvore, prepara o ataque sobre a sua presa, que parece se ajeitar melhor com os pacotes, após uma pequena parada durante a passagem das meninas.

A crueldade coloca-lhe o revólver suavemente na mão. "Agora te mando pro inferno, filho da puta. Não vai assaltar mais ninguém." Um prazer imenso envolve-o. Mentalmente seguro. Fisicamente forte, rijo. Aponta a arma. Faz mira. "Se errar, descarrego tudo."

Outras crianças descem gritando:

Paiê!... Paiê!... Paiê!...

O revólver entra em ação: *clic! clic! clic!*

O outro percebe. Agacha-se, deixando cair o pacote e a sacola, e abraça fortemente as duas meninas. Jorge Nelson desce a ladeira feito um susto detonado. Ganha a avenida. Atravessa-a sem pensar no perigo. Caminha, caminha rápido, corre, a arma na cintura, o coração acelerado, "... e se o revólver tivesse bala? sangue o homem caindo no meio das crianças eu criminoso a firma ia ficar sabendo eu ia perder o emprego Tânia e as crianças meu Deus! e a polícia? a cadeia? não não matei ninguém ele me assaltou foi ele que me assaltou tenho provas..." Que provas teria? Negara-se a ir com os demais passageiros dar queixa no distrito policial.

Não adianta nada. Polícia e ladrão é tudo farinha do mesmo saco – dissera na oportunidade e rumara para casa, amargando um profundo tédio.

Agora... Se a arma tivesse disparado? E se o sujeito o

perseguir? Certamente o matará. Olha para trás. Ninguém. "...abraçou as filhas... deviam ser filhas... canalha! com meu dinheiro... era o mesmo cara? só podia ser... era ele mesmo... era? desgraçado!..." Ondas de angústia sobem e descem. A garganta aperta. Os lábios secos. A rua escura dificulta o sentido do caminho. Já virou várias esquinas, "... onde estou, meu Deus? que bairro é esse? ... e se tivesse bala? o cara ia cair morto no meio das crianças... e as balas? a Tânia tirou... foi a Tânia... foi?..." Agradável lembrança da mulher... O que era aquilo que vinha atrás do pavor? Estava rindo, querendo ver o rosto de Tânia. Ela tirara as balas do revólver!... O barulho dos automóveis puxa-o para a realidade visual. Está de novo em uma avenida, outra avenida, que não conhece. Caminha. Um ponto de ônibus. Pessoas carregam cansaço. Olha-as. Seus olhos estão mortiços. "Elas também sofrem..." Respira fundo. Observa em volta. Ao longe. Estará sendo perseguido?

Moço, dá um trocado pra ajudar minha mãe!...

Um garoto magrinho estende-lhe a mão, fixando-o com um olhar de súplica.

Jorge Nelson, já dentro de um ônibus, a caminho de sua casa, não entende porque deu uma nota graúda ao garoto, que se foi feliz pela rua. E tenta compreender a razão de ter os olhos tão suavemente úmidos e quentes, enquanto uma leveza parece inundá-lo.

Ponto riscado no espelho

Por um momento ficou sem pensar. Nesse meio tempo, andou até a porta querendo não crer. Imaginou, em seguida, ter escutado mal. Um arrepio correu na espinha. Sem ação, sentou e ficou matutando, labareda nas pupilas. O barbeiro, um nordestino branco, dava continuidade a seu trabalho como se o outro já estivesse longe. Júlio foi povoado de pensamentos violentos, relâmpagos desatados riscando o céu de dentro. Passou, deixando uma conclusão martelando: "Tudo culpa da Zenaide! Me encher o saco pra... Tudo culpa da Zenaide!" Percebeu, tropeçando em alguns raciocínios, sua fuga passando verniz sobre a carne viva do problema. A esposa, nada, nada tinha a ver com o acontecido. Firmou a concentração no fato e fitou o barbeiro.

"*Cala boca! Ou te retalho com essa tua navalha. Senta aí!*" – Apenas pensou. Tomaria o instrumento daquele estúpido e... Tudo diante do cliente que também se esforçava para não dar a mínima importância à presença de Júlio.

"*Filho da puta...*" – E rapidamente agrediria com muita

força os dois. Apenas pensou. Nenhuma palavra entreabriu seus lábios. Pensou outras tantas coisas. Seus olhos, sentia-os inchados, cada vez mais, e uma quentura dos diabos cozinhando ódio no peito.

Contraiu a musculatura facial no limite. Foi ficando senhor de si. Olhos em brasa na direção do barbeiro. Um silêncio cheio de farpas. Se alguma coisa fosse dita, um movimento a mais esboçado, Júlio despejaria o veneno embolado dentro de si. Metalizou-se ao tocar o volumoso instrumento em sua cintura. Estava todo, pleno, uma rocha explosiva. O barbeiro tremeu, ferindo o cliente. Vermelhos. Os dois foram ficando vermelhos. A temperatura no pequeno salão tinha subido. Júlio sorriu com os dentes cerrados. O cliente balbuciara uma reclamação, fez um movimento *bruscontido* com a aplicação do mertiolato, levantou, rabo-de-olho assustado e cabeça baixa. Saiu deixando os dois. Nenhum pio no ambiente: **tensão: imobilidade: tensão: imobilidade: tensão: imobilidade: tensão:** ....

O Senhor quer se sentar, por favor... – suspirou o barbeiro. Tinha visto, de relance, a morte niquelada.

Júlio teve asco. Um rato à sua frente. Já conhecia aquela atitude, aquele jeito muito comum de se conformar às algemas.

Levanta os olhos, palhaço! – ao que o barbeiro obedeceu.

Um nó de olhar. Ódio e culpa se acasalaram. A desproporção física e bélica não davam margem ao barbeiro sequer imaginar uma reação. Catatônico, ele chorava num silêncio de desenganado. O medo e sua viscosidade.

Júlio obrigou-o a se sentar, cara para o espelho. Engatilhou a arma. Deixou-a na prateleira próxima. Apossou-se da navalha. Uma frieza interior e um desejo buscando satisfação.

Dá a mão!

A lâmina desceu lenta e abriu um filete rubro entre as linhas do destino do outro. Depois, com cautela, Júlio sangrou seu próprio polegar.

Põe a mão lá! – ordenou duro e foi obedecido.

Duas manchas na superfície do espelho.

O barbeiro: PAVOR!

Já o revólver na cinta, o tira finalizou:

Eu sou da polícia, viu, otário?! – e saiu, recheado por um grande alívio, porém triste.

> O outro, na cadeira, atônito, fitava a imagem de si mesmo atrás do estranho desenho feito com o sangue de ambos.

...

Júlio chegou à casa da sogra.

Ué, nego! Não foi cortar o cabelo? – perguntou Zenaide, quando o marido entrou com a mão esquerda no bolso, polegar pressionando o lenço.

Aqui não cortam cabelo de negro – respondeu com secura e se negou a contar a história de seu primeiro dia de férias na cidade de...

Que horas são?

Mentir é ruim. A verdade fica ameaçando, a cada esquina, arrancar nossas máscaras. Com ela vem a solidão. Cedo ou tarde ambas nos encurralam, o carcereiro e o carrasco. Então o outro se torna nosso refúgio. Quando ele se afasta, nos deixa ao relento de nós mesmos, de cara para um espelho interno que não conseguimos quebrar jamais. Solidão dói muito por nos lembrar o próprio nascimento: o contato com o ar e a sensação de frio, o início da luta pela sobrevivência, a falta da leveza de quem flutuava e passou a conhecer o próprio peso. Fomos despejados de nossa casa e passamos a imaginar que um dia vamos recuperar, na aventura da vida, o primordial abrigo.

Com tais palavras, naquela manhã em que meu canário belga cantou como nunca, fiz o preâmbulo da carta endereçada a Zara, para lhe dizer que o trabalho, nos permitindo o conforto, era garantia de proximidade com o paraíso perdido. Expliquei a ela que minha atividade profissional passara a exigir mais dedicação e, por isso, eu necessitava me afastar com o objetivo de conquistar melhores recursos para o futuro, quando – aí, sim! – eu desfrutaria com ela um aconchego, se não eterno, definitivo e seguro.

Zara poderia entender, pois agira assim uma vez, por conta da elaboração de um mural que lhe fora encomendado por uma instituição financeira. No meu caso, em verdade, eu ficaria livre para mergulhar na tarefa de compreender e encontrar solução para este estranho mal que me aflige. Não posso ser surpreendido, ainda que minhas relações com ela sempre tenham ocorrido com a luz acesa, por ela dizer da importância de vivenciar detalhes para seus quadros. Pintava telas abstratas com remissão à realidade pela via do erotismo. Não que ela fizesse da nossa vida amorosa e sexual uma fonte de pesquisa. Ela era espontânea, jamais interrompera o fluxo de nossa libido para fazer comentários sobre pontos estéticos de nossos entrelaçamentos, encaixes e algumas acrobacias. Como dizia, tratava-se de vivenciar intuitiva e silenciosamente. Só quando eu ia a suas exposições que, movendo-me à distância, percebia momentos de nossa intimidade em meio a cores vivas e formas geométricas com predominância da linha curva. Do canário ela não esquecia. Amava-o com fervor. Eu o descobria nos quadros em algum detalhe: asa, bico, pés, um rabinho empinado.

Missiva enviada, resposta seca e apócrifa, por e-mail: OK! Eu tomara aquela atitude, porque na madrugada havia sentido a coceira da segunda epidermia da série que me transformou. Cocei. De novo aquela ardência sob a camisa. Eu estava com a cirurgia da primeira marcada para o período da tarde. A segunda que surgiu tinha a mesma forma arredondada. Também inflamou para se exibir como furúnculo e, depois, murchou, tornando-se um perfeito círculo de cor branca substituindo-me o umbigo. A primeira, na parte posterior do antebraço direito, já me havia feito apelar para as camisas sociais mangas longas, pois um negro com manchas brancas deveria dar explicações. E, empenhado em me curar daquilo, eu havia percorrido quatro dermatologistas, usado pomadas diversas, ingerido algumas pílulas e me submetido a alguns exames para detectar bactérias e alergias. Vitiligo não era. O último médico diagnosticara como "dermatite cistosa sobre o músculo flexor ulnar do carpo", e com esse nome fez a guia de intervenção cirúrgica. Mas, veio o motivo para eu me afastar. Zara conhecia-me dos pés à cabeça, sendo capaz de representar com seus traços, de maneira alusiva, ângulos belíssimos de nossos encontros. Assim, não havia motivo para esconder-lhe um problema dermatológico. A primeira manifestação eu mostrei a ela, que, enredada em nosso calor e nudez, apenas recomendou que eu procurasse um especialista, alertou-me para curtir o canto do canário, beijou a rodela, então furunculosa, e me fez esquecer tudo. Quando a segunda rodela surgiu, pensei em lhe mostrar, mas achei desnecessário. Contudo, com a transformação da primeira, não tive escolha. Eu as devia esconder de tudo e de todos, o que para a minha atividade cotidiana era uma tensão a mais. Eu estava decidido: assim que chegasse ao hospital para me submeter à cirurgia, revelaria imediatamente ao médico o surgimento da segunda manifestação epidérmica, que, ao meio dia senti coçar novamente. Ao mesmo tempo, fui acometido de um tremor no antebraço onde surgira a primeira. Para não ser surpreendido, corri para o banheiro. Ao me trancar, tirei o paletó e subi o punho da camisa até o bíceps. Surgiu, então, funcionando, sobre o fundo branco, com ponteiros e números pretos, um lindo relógio. Eu o sentia integrado a mim como um órgão interno que aflorara no exato nível da pele. Comparei-o ao relógio que trazia no pulso – de mostrador preto com números brancos – e senti prazer com a harmonia. Quanto à hora, a mesma.

Gerente de uma firma de molas, eu apenas comuniquei à secretária a ida ao hospital para consulta de rotina. Entretanto, na rua, liguei cancelando a intervenção por motivo de necessidade urgente. Almocei em um restaurante próximo ao trabalho. Mastiguei no ritmo que pulsava em meu antebraço. E a sensação era agradável, como se assim o fazendo eu entrasse em profunda harmonia comigo mesmo. Estava ali, solitário, quebrando a minha rotina que era sempre almoçar com um funcionário, para lhe sondar a mente e os propósitos, incentivá-lo a criar e produzir mais no trabalho e, sobretudo, permitir-lhe a elevação da autoestima pelo fato de almoçar com o "chefe", apesar de alguns se recusarem com reiteradas desculpas de compromisso no tempo escasso para o almoço. Naná era um exemplo. Silenciosa, mantinha sua introspecção aflorada de tal modo que ao lhe transmitir diretamente alguma ordem eu agia com cuidado para não atrapalhar a sua concentração. Era exímia no trabalho de controle das notas fiscais. Erros não lhe escapavam, para o desespero dos relapsos e dos malandros. E não era só o silêncio de Naná que me incomodava. Seu olhar tinha um abismo difícil de encarar. Era altiva, um porte elegante, única funcionária negra. Comigo, éramos apenas três em um total de trinta trabalhadores. Ao dizer-lhe até amanhã naquele dia, ela fez o reparo:

O senhor parece mais apressado que de costume. O tempo é o pai de tudo, dizia meu avô.

Achei estranha aquela observação vinda de alguém que pouco se pronunciava além dos assuntos da rotina. Nada eu havia respondido. No restaurante, ao pagar apressadamente a conta, lembrei-me dela e me contive. Em seguida, fui direto para casa contemplar a minha novidade do antebraço. Assim fiquei a tarde toda.

Era de fato um relógio, sem o pino para movimentação

dos ponteiros ou, como nos antigos, para dar corda. Era rente à pele, sem qualquer saliência. Todo ele ondulava conforme eu mexia o braço. Uma resistente e espessa película transparente impedia-me de tocar diretamente nos ponteiros. Nenhum incômodo físico. A palma da mão voltada para mim, ante o espelho, eu podia contemplar, em toda a sua beleza e funcionamento, o relógio de mim mesmo. Acariciava-o. Era macio. Apertava-o, não doía, bem como jamais perdia o movimento.

Aquela tarde foi de autocontemplação, o que eu nunca me havia permitido. Afinal, o trabalho estressante constituíra a minha rotina desde os 21 anos em que, precocemente, me dediquei à administração de escritórios, para inveja de tantos quantos consideravam que um jovem negro não podia comandar brancos. Meu pai, dono de uma média empresa de caixas de embalagens, havia sido meu mestre até falecer no desastre do avião que caiu na cidade de São Paulo em 2007 e chocou o mundo com a morte de 187 pessoas. Eu herdara dele um relógio de bolso que fora de meu avô. Ao lembrar, resolvi procurar o objeto abandonado em alguma gaveta das tantas que viviam desarrumadas desde que mamãe se fora atrás de um novo amor. A bagunça da casa em que moro é grande. Uma torneira pinga lentamente na cozinha, sem parar. Do teto cai intermitente uma poeirazinha marrom que o zelador do prédio atribuiu a cupim de concreto. Sou na vida doméstica o oposto da vida profissional. Procurar algo aqui é sempre uma aventura. Felizmente achei. É um Roskopf com 21 rubis. Dei corda, esperando ver seus ponteiros deslizarem. Não deslizaram. Algumas batidas na mão poderiam fazê-lo retomar seu funcionamento. Não consegui. Meu relógio de pulso e o de parede haviam parado no número 12. Como funcionavam à bateria e à pilha, concluí: devem estar fracas. Depois de substituídas, ambos continuaram e continuam com seus ponteiros inertes. Naquele momento lembrei-me de um quadro de Zara, cujo desenho de um relógio estava situado exatamente em uma insinuação de vagina de corpo que se alongava como estrada e era banhado por um sol cujos raios pareciam se deslocar conforme o movimento do espectador. Corpos negros, sempre, constituíam a base artística de Zara. O quadro fizera parte da última exposição. Sobre a TV ainda estava o catálogo. Apanhei-o e contemplei longamente a imagem. Aquele relógio também marcava a mesma hora. De repente, fazendo o percurso das linhas, eis que vislumbro um corpo sobreposto ao primeiro. Então, segui seus contornos, buscando revelar seu volume, em meio a camadas sucessivas de cores e geometrias. Eis que as sinuosidades expõem dois olhos esgazeados e, entre eles, uma rodela branca, de contornos precisos. Naquele momento senti cócegas sobre aquela que me ocupou o lugar do umbigo. Foi tanta que, antes de subir a camisa para verificar, fui levado a risadas. Ao me des-

77

cobrir, lá estava ele, o segundo relógio. O diâmetro da circunferência aumentara, em relação ao primeiro, atingindo o tamanho de um pires. Nascia o relógio do meio dia, que àquela hora passou a me fazer cócegas até eu não me conter no trabalho e perceber a inquirição silenciosa da secretária sobre o motivo das minhas risadas.

Fui, assim, durante duas semanas, tomando as devidas precauções para não expor os relógios que me iam surgindo diária e aleatoriamente por toda a extensão do corpo, funcionando na hora exata, de cores e formas diferentes, tornando-me um todo colorido. Havia os de ponteiros e os que expunham apenas os números de hora, minutos e segundos, como os digitais. Funcionavam sem o menor ruído debaixo de transparente cobertura. Davam-me cócegas, afagos e ligeiros tremores prazerosos. Meus cuidados em mantê-los encobertos redundaram em narcisismo. Em casa, eu me observava no espelho, acariciava-os e os sentia profundamente integrados a mim como uma bênção de prazer. Mas, hoje!...

Felizmente chegara o inverno e eu passei a usar blusa de gola olímpica. Eu não me importava se o calor ressurgisse. Sobre a inadequação da roupa, eu dava uma desculpa qualquer a quem perguntasse. Com os relógios surgidos nos pés, perdi um pouco o equilíbrio, por eu me preocupar, sem razão, em não destruí-los com meu peso.

Recluso há semanas depois do expediente de trabalho, hoje arrisquei uma atividade. Fui à nova exposição de Zara intitulada *Ondulações de Ébano*. Simplesmente bela. Depois de circular em meio ao público e contemplar seu trabalho, fui cumprimentá-la, mesmo porque a saudade estava me lancinando. O costumeiro beijo que eu lhe dava no pescoço trouxe-me um susto. Ao abaixar-lhe levemente a gola, eu vi. Ali estava uma rodela branca, como as minhas antes de se transformarem em relógios. Trocamos olhares. O dela era abissal, semelhante ao olhar de Naná. Afastei-me.

Cheguei há pouco. Meu canário está morto na gaiola. Agora estou encarcerado dentro de casa. Diante do espelho aquela mesma mancha branca localiza-se no meio de minha testa. Logo mais, este vigésimo terceiro marcador do tempo terá desabrochado, sem disfarce possível. Não poderei mais trabalhar. O telefone toca. Leio o registro de chamada. É Zara.

Desencontro

Uns poucos anos de casado e meu sono conturbou-se.

Era um tempo de indecisão. Eu, cada vez mais macambúzio. Às vezes dormia doze horas corridas, em flagrante descontrole. Depois, os compromissos comprimiam-me.

Sofria de insatisfação aguda.

Era também um tempo de afetos falsos. As mulheres se aproximavam com suas tochas de paixão, ateavam-me fantasias e se recolhiam na seriedade de uma relação amistosa e casta. Por vezes eu ficava, desejo em brasa, coberto pela cinza do respeito, a aliança estrangulando o imaginário. Minha autovigilância acentuou-se. Toda ereção extraconjugal passou, discretamente, a ser retida com firmeza. Era a vida. Aprumei a gola da responsabilidade, abotoei os punhos do pudor e resolvi, definitivamente, tornar-me um grande chefe de família, para honra e glória do internato de padres onde eu fora educado.

Superei a insônia e o sono em demasia. Aperfeiçoei o nó da gravata e segui.

Primeiros meses daquela empreitada de rigidez: êxito! Mas, logo a experiência mostrou seu resultado desastroso. Deprimido, com a moral vacilante, encontrei abrigo nos braços de uma cliente que, só mais tarde, eu soube de seu oficio. Era uma prostituta de luxo. Ela me recuperou (com todo o cuidado de não se apaixonar por mim) para o destino que eu havia traçado. Saí do relacionamento enfaixado por algumas dívidas e recolhido numa gonorreia. Minha esposa não fez qualquer estardalhaço. Conteve-se. Não a contagiei. Protegi a família constituída por nós dois. Após duas dezenas de dias, antibióticos devolveram-me às relações sexuais normais, de uma posição só, no escuro, uma vez por semana, após o jantar. A partir de então, contudo, o tratamento de "bem", que ela me dispensava, passou a ter certa aspereza.

Assinei revistas eróticas, que foram abarrotando as gavetas da escrivaninha. Advogando só, sem funcionário, mantinha os tais periódicos longe da vista dos clientes. Um dia minha curiosidade, repentinamente, ficou ereta. Em uma seção de cartas da revista Prazer Café, encontrei um apelo com o seguinte teor: **Amor delícia discreta. Sou jovem e bonita. Detesto escândalos amorosos. Gostaria de me relacionar com um homem de meia idade que soubesse fazer amor sem pressa. Minhas ancas dão quebranto. Mulata Recatada.**

Comecei a desabotoar o interesse. Cheguei a escrever um bilhetinho sensato, com tratamento de Vossa Senhoria, mas rasguei e resolvi procurar outra correspondente com menos segredo em seu apelo. Consultei as revistas Orgasmo Atual, Gozo Ação, Fêmeas, Sensualição, Tesão Ariana, Morenaço e outras. Queria uma aventurazinha que me desafogasse do matrimônio e seus limites. Entretanto, nenhuma daquelas revistas trazia a interrogação excitante da Prazer Café. Encafifei e caí, de súbito, em uma reflexão que, se fosse para nomear, poderia se chamar "possibilidade de amor sem pressa". Para alguém como eu, que passara a trabalhar duplamente, no intuito de impedir a justificativa da esposa para procurar emprego, aquilo era uma antítese atraente, antítese também ao meu passado de coroinha e jovem carola.

Sem pensar na possibilidade de trote, comecei a bolar mentalmente uma carta à "Mulata Recatada", esquecido dos apelos de outros periódicos do erotismo, apesar de suas promessas explícitas de felação, coito anal, garantia contra AIDS, ajustamentos vaginais, posições inéditas e outros atrativos de indiscretas pessoas que se ofereciam para correspondentes.

Em um desses começos de noite, quando o intenso calor só nos dá vontade de apenas jantar conversa fiada com cerveja e tira-gosto, fui até a Associação, no bairro do Bixiga.

Cheguei por volta das 19:30 horas, sem nenhum arrependimento de faltar às obrigações profissionais que me aguardavam à noite. Cumprimentei Francisco, porteiro desde a fundação da entidade, e me dirigi ao bar, onde apanhei uma "gelada". Depois me sentei a uma mesa do amplo salão de dança muito bem encerado. Havia poucas pessoas. Nenhuma eu conhecia. Logo após o primeiro copo, um impulso afetivo veio-me delineando a carta. Peguei um guardanapo de papel e fui escrevendo:

Prezada (e deixei em branco)

Há algum tempo emprestaram-me uma revista em que, depois de folhear, encontrei sua proposta de correspondência.

Muito me alegrou sua ligeira preocupação com os escândalos amorosos que levam as pessoas, quase sempre, ao desespero do desamor.

Tomo a liberdade de parabenizar sua proposta de correspondência e, achando-me no grisalho próprio da meia-idade, candidato-me, com humildade, a ser seu correspondente.

Aguardando resposta...

Neste ponto, ouvi a voz de Sinval:

Sumido!... Quanto tempo, doutor!... – e deu-me um forte e efusivo abraço. E precipitamos um chuvisco de amáveis confetes verbais.

Ele era contador e prestava serviços gratuitos à Associação Bom Crioulo. Havia insistido, várias vezes, para que eu participasse mais em prol da raça. De minha parte, sempre apresentei desculpas. No fundo, era meu medo de ser acusado, por quem quer que fosse, de racista às avessas, revanchista... A Associação, de tempos em tempos, promovia atividades culturais, com palestras, discursos. Surgiam então pessoas radicais. Eu não queria me envolver. Afinal, se o fizesse poderia ser mal visto até mesmo por minha clientela. Sinval, em nome da nossa amizade, perdoava-me a falta de cooperação. Além do mais, ele conhecia os nítidos traços germânicos de minha mulher.

Depois que sorveu todo o conteúdo de meu copo – símbolo de nossa camaradagem que remontava ao serviço militar – contou-me as novas de sua vida e rabiscou, com gestos ligeiros no ar, seus objetivos. Levantou-se e foi buscar mais cerveja. Aproveitei a ausência do amigo, reli o meu bilhete, dei um fecho rápido. Anotei a destinatária, Mulata Recatada, entre aspas, dobrei e coloquei-o na carteira.

Como vai a Associação, Sinval? – perguntei assim que ele voltou a se sentar à minha frente.

Vou te contar, Pedro, mês passado quase nós fechamos. Não fosse o deputado chegar da África (que ele andou viajando por lá) e a coisa tinha ficado "branca"

– acentuou, riu gostosamente e continuou: *Chegou justamente quando o oficial de justiça já estava dando em cima da gente. Sabe como é, o homem agora é do partido do governo... Deu dois telefonemas e tudo ficou ajustado.*

Muito dinheiro a dívida? – manifestei minha falsa preocupação. Jamais eu havia colaborado com um centavo além do recibo de sócio.

Chiiii... Tanto que agora o negócio é dar um baile atrás do outro. Hoje, por exemplo, véspera de feriado, começamos. Como amanhã é sexta-feira, ficam emendados quatro bailes.

Bem, então hoje vai ter? Mas o Francisco não me cobrou nada?

Sócio não paga, Pedro. Do sócio a gente fatura é no bar.

Bom...

É, mas a cervejinha precisa ser consumida, entendeu? Você está incumbido de pagar mais uma, hein! Uma dúzia!... – e riu como sempre, de vento em popa. Acompanhei Sinval na risada e me senti bem mais à vontade.

Já estávamos na quinta garrafa e quilômetros de conversa, quando chegou à nossa mesa uma mulher lindíssima. Cumprimentou Sinval e, voltando-se para mim, lançou--me uma piscadela de vertigem. Ou apenas imaginei?

Sinval apresentou-me a moça, com preâmbulos elogiosos, como era de seu feitio, e, percebendo a empatia que se estabelecera entre eu e ela, encarou-me e selamos um acordo em silêncio. Conversou mais uns dez minutos e, depois de uma desculpa qualquer, saiu, dizendo:

Logo volto.

Não voltou. Fiquei para o baile e me esqueci nos encantos da mulher. Alta, curvas estonteantes, usava um macacão azul claro, cabelos bem alisados, na voz uma rede oferecendo descanso. Chamava-se Adelaide.

Já não me lembro o que disse, mais tarde, ao telefone da secretaria da Associação. Minha esposa pareceu não gostar muito e desligou o aparelho com certa brutalidade. Só na manhã seguinte eu poderia estar em casa, "por motivo de trabalho".

Ao sair da pequena sala, observei: Adelaide dançava com um desconhecido. Esperei de pé, disfarçando. Acabou o samba-canção. Largaram-se. Ela veio a meu encontro e retomamos a nossa – repentinamente nossa – intimidade, num partido-alto que encheu o salão, naquele momento, consideravelmente povoado. Minha reprimida paixão pela dança abraçou-me com as recordações da juventude. Eu já sentia o quanto, o quanto de Adelaide faltava em minha esposa.

Madrugada, minha vida mudada na troca de calor sob lençol. A porta de meu coração escancarada. Dentro

Adelaide, prometendo não sair.

Umas semanas de felicidade suprema e desculpas esfarrapadas em casa. Eu já calculara várias introduções do diálogo rumo ao divórcio amigável. Minha mulher não ajudava. Fazia-se de desentendida. Certa noite o telefone tocou. Eu acabara de chegar do trabalho. Era Adelaide. Tumultuava o nosso trato de não precipitar as coisas. Trazia na voz uma justificativa adorável: saudades. Estivéramos juntos na véspera! Convidava-me para uma festa íntima logo mais. Sério, provavelmente até sisudo, eu respondia com monossílabos.

Fui à casa de Adelaide, carregando o peso de mais mentiras (devia analisar e preparar um pedido de habeas-corpus urgente...). Passei antes no escritório para me apossar de um álibi.

Adelaide morava sozinha, por opção, segundo ela, em uma kitchnette muito bem decorada. A família residia na cidade de Campinas. Em São Paulo ela estudara Assistência Social, formara-se e exercia a profissão.

Dei boa noite ao porteiro do prédio, que me respondeu dizendo:

Boa noite, Seu Pedro! O senhor... A Dona Adelaide teve que sair um instantinho, mas deixou a chave. Disse que não demora.

Estranhei. Agradeci. Quando já estava à porta do elevador, ainda o porteiro:

Ah, o senhor pode ver se é pra Dona Adelaide? Não está no nome dela não, mas é o número do apartamento. Quem sabe algum parente... Trouxeram agorinha mesmo – finalizou, estendendo-me o envelope.

Um choque! Destinatário: Mulata Recatada.

Quando Adelaide chegou, eu ruminava rancor. Repeli seu beijo. Ela caiu do sorriso.

O que houve, Pedro? – balbuciou.

Dei-lhe as costas e fui até a janela. Sua festinha particular, que eu percebera na arrumação dos copos e flores, perdera para mim todo o sentido. Eu incorporava o papel de um marido candidato a crime passional. Ela se desvencilhou do pacote que trazia e tocou-me docemente:

Vamos conversar. Por favor...

Sentei, com a tensão aumentada. Ela aconchegou o embrulho no colo e começou a soltar-lhe a fita adesiva. Um lindo bolo confeitado surgiu. A cada movimento delicado, ela parecia recuperar a calma, enquanto em mim o tumulto interior crescia mais ainda.

Fiz alguma coisa de errado – foi perguntando – *justamente no dia do meu aniversário? É por causa do telefonema que você está assim?*

Explodi:

Vai me explicar, sua puta! Que negócio é esse de Mulata Recatada? Quem é esse tal de Lúcio?

Eu agitava o envelope ainda fechado. Estava transtornado. Vociferei e, após tantos outros impropérios meus, saí, esmagando na porta seu quase gemido:

Eu não sei, eu não sei de nada...

Dirigi em alta velocidade. O duplo sentimento de traição inundou-me com um turbilhão de imagens violentas.

Antes de chegar em casa, parei frente a um bar. Desci em busca de bebida forte. Após o último gole de um conhaque barato, lembrei-me que o envelope estava no bolso de meu paletó. Eu o violei, sem pudor, e passei a ler o que não me era endereçado:

Prezada Adelaide

Há algum tempo emprestaram-me uma revista em que, depois de folhear... Era na íntegra o texto de minha cartinha, mas digitado com esmero. Meu nome como signatário e, abaixo, inúmeras ofensas de baixo calão. Por fim o nome revelador. Não era Lúcio, mas Lúcia. Meti a mão no bolso e puxei a carteira. O manuscrito, ali esquecido, desaparecera.

Entrei em casa, temeroso e confuso, porém pronto para iniciar uma separação litigiosa.

Na sala, sobre a mesinha de centro, encontrei meu

manuscrito. Embaixo dele uma carta. Era a despedida que desfazia um lar. A ausência de Lúcia ricocheteava pelos móveis. Meu injusto ódio contra Adelaide empurrava-me para um angustiado abismo.

Do espelho à minha frente, a solidão fitava-me com um olho castanho e outro azul. Flechas de vazio traspassaram-me o desejo de ser feliz.

Conluio das perdas

Gotas de chuva unidas serpenteiam brilhantes na vidraça. O frio da tarde começa a manipular suas agulhas de arrepio. É um frio fora de hora. É só a noite enxugar as lágrimas, o calor volta com toda a sua energia. Mais que nunca, preciso do tempo aberto, de perspectiva espacial, de horizonte, de estrelas ao longe. Fico aqui curtindo saudade, saudade de quem retorna às minhas próprias raízes e, ao mesmo tempo, me abandona nesta São Paulo de tantos sonhos e decepções.

Não fosse aquela história de "hora errada em lugar errado", talvez eu tivesse a sua companhia, ainda por muitos anos, a meu lado.

Feito o exame de corpo de delito e tomadas as providências médicas, quando retornávamos para casa, eu disse, entre outras coisas: *Vamos vencer isso. Não desanima. Eu já passei por isso também.*

Falei, mas era mentira. Havia, sim, vivido alguns vexames do tipo: pai da namorada, ao me conhecer, impede o namoro; ser barrado em porta de prédio ou me indicarem o elevador de serviço quando eu era visita; não ser servido em restaurante ou tomar chá-de-cadeira; ser preso por vadiagem, mesmo com a carteira de trabalho assinada...

Enfim, eram fatos que me haviam feito sofrer, mas nada daquilo se igualava ao que acontecera.

Depois de desabafar comigo, imensa muralha ergueu-se entre nós. Em minhas investidas de aproximação, ele apenas sorria como quem diz: "Preciso ficar em paz." Até que, um dia:

Vou embora – disse, com o olhar perdido.

Uma incisão profunda em meu ser. Desde Helena eu não perdia ninguém. Haviam se passado treze anos daquele adeus que ainda está aqui, como uma cicatriz em minha memória.

Ela perdera a cor. O brilho dos olhos havia sumido sob uma névoa de desencanto. Sete anos de um casamento cheio de alegria e realizações iam chegando ao fim. O futuro vinha como densa neblina cobrindo o rio por onde eu deslizava lentamente para grandes interrogações de minha vida. A maior dúvida era como explicar tudo aquilo a uma criança que estava ali sem entender o meu cismar e o definhar de Helena. Foram inúmeros malabarismos verbais e gestuais para impedir que ele sofresse e eu perdesse por completo uma miséria qualquer de possibilidade de reverter o quadro. Em um daqueles dias ele me assustou ao fazer a pergunta envolvendo a zona que eu ainda recusava encarar: *Papai, o que é morrer?* Minha memória bloqueou, durante esses anos, a resposta que eu dei. A ideia do fim me aterrorizava. A única lembrança que me ficou daquele momento foi que eu o abracei muito, como se alguém o ameaçasse sequestrar e eu tivesse de reunir todas as forças para protegê-lo.

Depois, tudo veio como se fosse uma enxurrada de pesadelos. Naquele dia em que, ao chegar do trabalho para render a enfermeira contratada, ao dar banho no meu filho e colocá-lo diante da televisão, sentar na cama e perceber que o grande amor de minha vida punha sangue pelo canto da boca, não me contive. Assim que o médico – que fora chamado às pressas – se foi, meu filho e Helena adormeceram, esvaziei meia garra de uísque, chorei muito e decidi que seria melhor lançar a realidade nua e crua sobre a inocência de Malcolm, no dia seguinte, antes de irmos para a escola. Foi então que me surpreendi. Ao me ouvir falar sobre a futura morte (eu usara a palavra exata) de sua mãe, retirou do bolso da calça do uniforme escolar um papel muito enrolado que dizia assim: "Querido filho, não posso mais falar, por isso escrevi este bilhete. Guarde-o com muito carinho. Adoro você, mas a doença ficou muito forte e logo eu tenho de ir embora igual o seu gato Leleco foi.

Vou deixar você e não vou voltar mais. Todo mundo é assim, um dia vai embora sem poder retornar. Agora, você e seu pai vão viver sem mim. Estude e trabalhe muito para ser feliz. Eu te amo para sempre. Sua mãe."

Depois do féretro, ele, sentado no meu colo, tirou do bolso novamente aquele papel e me deu, dizendo: *Guarda ele pra mim, papai.* Guardo até hoje.

Com o fato que o fez ir embora, aquelas palavras de Helena voltaram-me com novos sentidos, como se endereçadas a mim e não a meu filho. A sensação de perda veio como uma sombra que estava apenas escondida.

Aos dezoito anos, prestando vestibular para engenharia, entusiasmado com o seu sonho profissional, era um filho que muito me auxiliava desde que passamos a viver juntos só os dois. As dificuldades raciais – tema recorrente em nossas conversas, sobretudo quando ele sofria alguma discriminação, arranjava uma namoradinha branca ou queria discutir as tranças que ele usava – jamais impediram nossos passos. Eu aprendera a enfrentá-las. Sabia que se tivesse dinheiro tudo ficaria mais fácil. Assim, sempre busquei superar dificuldades para alcançá-lo e ensinei isso a ele. Depois da morte de Helena, Malcolm tornou-se a minha mais importante motivação de viver. E como ele correspondia aos meus incentivos, nossos laços se estreitaram muito. Meu filho tornara-se meu companheiro. Bastava haver qualquer coisa que me aborrecia em alguma de suas atitudes, ou vice-versa, ele me dava alguns leves socos, como quem chama para a briga, e ia me dizendo suas desculpas ou permitia que eu desse as minhas. Eu ensaiava aquela luta com ele e, assim, íamos conversando até, por fim, nos abraçarmos e todo aborrecimento se afastar completamente. Foi dessa forma que ele conseguira me livrar do álcool.

Contudo, às vezes, nós, seres humanos, perdemos a noção de que debaixo de nossos pés existe areia movediça.

Helena, próximo ao ocorrido com nosso filho, do fundo de minha memória parecia reivindicar seu antigo posto de mãe. Esse meu drama íntimo ocorria em sonhos. Sua imagem surgia muito nítida e, repetidamente, para me repreender quanto à educação de Malcolm, coisa que, em vida, raras vezes ela fizera. Após um desses entrechoques oníricos, acordei sobressaltado, com o pressentimento de que algo aconteceria. No sonho, ela, vestida de policial – algo estranho para alguém que fora modista –, brandia um cassetete em minha direção e gritava. Aflitivamente, eu não podia ouvir uma palavra sequer. A cena da noite foi, como de costume, sobreposta pelas atividades diárias, até que, no final de meu expediente de trabalho, o celular tocasse e uma voz autoritária anunciasse a prisão de meu filho ocorrida horas atrás.

Pagar nossas contas era uma tarefa de Malcolm. Durante o intervalo do cursinho, ele foi ao banco. Como de outras tantas vezes, a porta automática travou seguidamente, mesmo quando nenhuma moeda havia em seu bolso. Certa vez, conversando sobre um desses incidentes, meu filho me dissera ser, o "automático" da porta giratória, um controle remoto nas mãos do segurança que ficava em uma guarita interna da agência e, dali, escolhia as pessoas para realizar uma maior investigação sobre metais. Naquela ocasião, como nas outras, por fim, Malcolm conseguiu entrar. Entretanto, antes que ele pegasse a senha e sentasse para aguardar o atendimento, dois indivíduos muito bem trajados adentraram o banco sem que a porta travasse, renderam o segurança e atingiram com um tiro o colega deste, que estava ao fundo e tentara reagir. Um dos invasores deu o grito, depois de ambos se encapuzarem: *Isso é um assalto! Todo mundo deitado no chão com a mão na cabeça!* Cerca de dez pessoas, incluindo funcionários, ouviram, durante cinco minutos, ameaças de morte de outros dois ladrões que já haviam invadido o local, também com os rostos cobertos e portando cada qual uma metralhadora, enquanto os dois primeiros, com pistolas em punho, faziam a coleta nos três caixas. Um bandido fora da agência, trajando uniforme de segurança, afastava os clientes alegando estar o sistema em manutenção e haver falta de energia. Alguém desconfiou e logo a viatura em serviço na região foi acionada.

Quando a quadrilha encetava a sua fuga, foi surpreendida, na saída. Houve tiroteio, os assaltantes retornaram para o interior do banco, ficando um deles de bruços após ter sido baleado.

Pai – me contou Malcolm *– eu vi tudo. Eles me pularam três vezes. Uma, quando entraram. Outra, quando tentaram sair e, depois, quando retornaram. Eu estava com a cabeça debaixo de uma cadeira, o rosto voltado para a porta e o resto do corpo para fora. Um deles, quando estavam tentando fugir, pisou nas minhas costas. Quando tiveram de voltar, um outro caiu em cima das minhas pernas e a arma dele – uma metralhadora pequena – veio parar próxima do meu cotovelo, depois de bater no meu ombro esquerdo. O cara agonizava. Foram muitos tiros, vidros estilhaçados e uma gritaria geral. Os policiais nem consideraram que havia reféns dentro do banco. Tentei me encolher, mas o peso do homem em cima das minhas pernas travou meus movimentos. De repente a artilharia parou. O que se ouviu naquele instante foi o som de muitas sirenes, choros e gritos histéricos. Eu tremia e suava frio. Aí, houve mais dois tiros. Acho que devem ter sido esses que mataram o segurança, aquele que tinha me barrado. Ele tentou reagir mesmo tendo sido algemado pelos ladrões. Então, eu consegui, num impulso, me encolher e fiquei na posição fetal. Só que, quando eu fiz isso, a arma* *caída ficou mais perto de mim. Fechei os olhos. Foi então que me deu uma crise de choro e a minha tremedeira aumentou. Houve, a partir daí, muitos outros tiros. Depois parou tudo, só ficando gemidos. Demorou um tempo assim. Aí, os policiais entraram falando alto, até que senti passos perto e escutei: "Esse daí não mata não! Esse a gente leva." Recebi um forte chute na coxa e agarram minhas mãos que cobriam a cabeça e me algemaram.*

Quando Malcolm me contou, chorei abundante e silenciosamente, arquitetando cruéis vinganças. Ele havia sido preso como sendo o único bandido que restara vivo e, por isso, fora maltratado por um dos policiais, até que se pudesse explicar e um funcionário da agência, que fora depor, o reconhecesse como cliente.

Depois de, com a ajuda de amigos, eu conseguir a punição do PM, só me restava continuar insistindo para meu filho se recuperar. Eu o queria de volta aos estudos e junto a mim. Ele ficou vários meses sem sair, curou seus ferimentos, mas se recusou a fazer tratamento psicológico e não pegou mais em livros ou apostilas. Por fim, se foi para Salvador, onde eu nasci, mas não tinha parente algum, nem amigos.

O e-mail que ele me enviou no dia de hoje alivia bastante a sua ausência, que deixou imenso o apartamento em que moramos desde o seu nascimento.

"Pai, hoje eu colei lá no Curuzu. Fui para a saída do

Ilê Ayê! Rolou um axé, senti maior energia. Mesmo com a miséria que tem aqui, os caras representam mesmo o nosso pessoal. Levantam a moral da galera. Trombei uma mina firmeza que você vai gostar. É daqui. Elinalva. Meu coração tá bombando. Ela tem uns esquemas com umas pessoas do bloco e vai rolar um lance de eu desfilar. Se der, vai ser massa. Com essa gata no meu caminho, acho que começo a desencanar daquela treta do banco, do vestibular e todo aquele estresse. Vou pedir mais uma vez para você me desculpar pelo jeito como eu saí de casa. Foi mal. Você sabe. Você sabe... O importante é que eu estou ficando de boa. Você tá ligado que é o melhor pai do mundo. Quando puder, cola aqui em casa. Um beijo do teu filhão. Malcolm."

Agora eu sei: apesar da areia movediça sob nossos pés, a determinação é que não nos deixa afundar. Quando terminei a leitura do e-mail, com uma preocupação a respeito das decepções amorosas, saltou à minha mente algo que há anos eu havia perdido em mim mesmo. À pergunta de Malcolm, ainda menino, sobre a morte, eu havia respondido: *Morrer é ir morar somente dentro dos outros.* Na última noite, minha hóspede maior sorriu-me no sonho e eu senti em meus dedos as delícias do toque em seu cabelo crespo.

A chuva passou. Estrelas lantejoulam o céu. O calor vai voltar.

Lembrança das lições

Sou na infância.

A palavra escravidão vem como um tapa e os olhos de quase todos os moleques da classe estilingam um não sei o quê muito estranho em cima de mim. A professora nem ao menos finge não perceber. Olha-me também. Tento segurar a investida, franzindo a testa e petrificando o olhar. Mas não dá. Um calor me esquenta no rosto e umas lágrimas abaixam-me a cabeça para que ninguém as veja.

A aula continua. E eu detectando risos e fazendo um grande esforço para não lhes dar crédito. Enquanto a professora verifica umas fichas amarelecidas, a sala enche-se de gargalhadas surdas. Ela prossegue. A cada palavra de seu discurso pressinto uma nova avalanche de insultos contra mim e contra um "eu" mais amplo, que abraça meus iguais na escola e estende-se pelas ruas, envolvendo muitas pessoas, sobretudo meus pais. Ela, após tomar fôlego, recomeça, sempre do mesmo jeito acentuado:

Os negros escravos eram chicoteados... – e dá mais peso à palavra **negro** e mais peso à palavra **escravo**! Parece ter um martelo na língua e um pé-de-cabra abrindo-lhe um sarcasmo de canto de boca, de onde me faz caretas um pequeno diabo cariado. Novos suplícios são narrados junto a argumentos entrelaçando-se em grades. Vou mordendo meu lápis, triturando-o.

O clima pegajoso estende-se na sala. O outro garoto negro da classe permanece de cabeça baixa o tempo todo. Nenhuma reação. Uma caverninha humana. Imóvel.

A minha respiração sinto dificultada.

É você, macaco. Você é escravo – cochicha-me um aluno branco. Sussurro uma vingança para depois e sinto, pela primeira vez, um ódio grande e repentino, metálico, um ódio branco. A professora, em face da minha reação explodindo nas contrações do rosto, pede atenção com forte autoridade. Manuseia outra vez as fichinhas velhas e prossegue:

Os NEGROS ESCRAVOS eram vendidos como CARNE VERDE, peças, desprovidos de qualquer humanidade. Eram humildes e não conheciam a civilização. Vinham porque o Brasil precisava de...? Vejamos quem é que vai responder...

Tremo, encolhido, dolorido diante da possibilidade de ser chamado. Meu coração bate na vertical e meus intestinos se revoltam. Saio apressado da sala, sem pedir licença. Chego à privada em tempo.

Defeco o desespero das entranhas.

Olho as paredes e a porta do cubículo. Estão todas rabiscadas. Procuro espaço. Contenho, com bastante esforço, um choro que me vem insistente para afogar o mundo. Limpo-me com um pedaço de jornal não sujo de todo e fico sentado sobre o vaso branco, pensando, vagando como um prisioneiro perpétuo. A cor do vaso sanitário desperta-me tramas. Primeiro levanto-me e chuto-o com a sola do sapato, depois sou levado pelo vento das imagens, das ideias: "...ponho fogo na escola... veada filha da puta... papel de caderno debaixo da mesa dela... como a bunda de todo branquinho... acendo fósforo... quem me xingar de neguinho... são tudo veado... vou comprar um canivete... dou porrada mesmo!..." E a porta passa a me servir de lousa: "... branco caga no meio...", acho graça das coisas que escrevo e continuo.

A agressividade estridente da campainha surpreende-me então com meu lápis sem ponta. É o término do período.

Saio. Perambulo sozinho pelas ruas, carregando um mal-estar no meio dos cadernos e um nó de silêncio no peito. No dia seguinte, nada de escola. Vou comer bananas nos vagões da Sorocabana e Joel vem comigo. É meu vizinho, negro também, de outra turma na escola. Entre sutilezas de nosso diálogo, percebo que a "história" da escravidão já espancou mais um por dentro. A gente conversa muito, mas, nesse particular, fica só um silêncio cúmplice, uma bronca em comum, uma solidariedade de quem divide a dor. Não tocamos no assunto, contudo o protesto vem do nosso jeito: falta em cima de falta e nota vermelha, e a gente falsificando os boletins; cartinhas da diretora para os nossos pais, e a gente fazendo assinaturas falsas. As mentiras sempre ao lado da verdade de nosso sentimento de revolta.

Nosso empenho, contra os compromissos da escola, não dura muito. Alguém vai a nossas casas e dá com a língua nos dentes. Eu e Joel, na volta de um belo passeio, começamos a apanhar no meio da rua. É uma grande surra, de cinta. Fico com vergões nas costas e Joel com uma marca de fivela no rosto para todo o sempre.

A escola de novo. A vigilância aguçada dos nossos pais. Eu e Joel cada vez mais com fama de valentes.

Chegamos ao quarto ano com a malandragem bem burilada. Já não damos importância ao fato de nos chamarem pela cor. Entre a molecada, quase sempre fazem isso com medo, medo do Neguinho-eu e do Neguinho-Joel. O medo deles é que nos importa, nos dá alento, ilusão de respeito.

É o dia da festa. O dia do diploma. Nossos pais comparecem, sorriem às professoras, e vamos todos cantar o hino debaixo da bandeira verde, amarela, azul e branca. Verde... Meu pai e minha mãe verdes por um instante... CARNE VERDE. E as gargalhadas surdas balançam o pendão da esperança. Com a mão direita sobre o lado esquerdo do peito, não dou importância ao Joel, que faz piadas.

Ouviram do Ipiranga...

Todos cantam. Fico mudo e triste, até sentir dentro do peito um batuque que me vem de longe, do que não sei de mim. Euforia inexplicável. Descubro o Coração.

O tempo não tem tréguas e as lembranças servem de alerta e lamento. Não é todo dia que se é lançado ao passado, como uma flecha, em busca de um alvo que sempre nos é obscuro.

Depois do Grupo Escolar, cada um para seu lado. Um namoro entre uma irmã de Joel e um primo meu, que mora lá em casa, faz com que as duas famílias entrem em choque por causa da virgindade perdida e a gravidez da moça. Nas discussões não falta, nem de um lado nem de outro, o adendo "negu (a)" à frente das pedradas de palavrões. O atrito fica forte, com tira-limpo aos socos e polícia. A família de Joel muda-se para longe.

Nessa época as dificuldades sobem à mesa de casa. Arroz e feijão sem mistura durante meses, com certos dias de nem isso ter. Meu pai se consumindo numa cama. Eu e o primo à cata de emprego, aturando nãos e fazendo todo "bico" que aparece. Nasce o filho de meu primo com a irmã de Joel. Ela e a criança acabam permanecendo com a gente. Dão o nome de meu companheiro. Fico contente, embora a referência tenha sido a um nosso parente distante.

Depois de tempos – Joel já em um empoeirado das lembranças – venho saber de seu destino.

É a primeira comunhão de meu sobrinho. Na porta da igreja tenho a notícia de sua prisão. Um conhecido branco, dos tempos daquela amizade, narra com tal ênfase as peripécias de Joel pelo mundo do crime que me faz lembrar D. Isabel, a professora. Desconverso. Tento afogar Joel no esquecimento. Em vão.

Hoje, mais uma entre tantas prisões: **Preso o marginal Neguinho Joel** – foto em primeira página. A marca da raça e a marca do golpe da fivela no rosto.

As máquinas lá fora não dão folga pra gente. O banheiro dessa fábrica torna-se o único refúgio, apesar do cheiro. Aqui venho ler jornal quando o chefe não está por perto.

Nesta manchete de hoje, no rosto de meu amigo, aquela marca aponta um grito aparafusado com jeito na minha garganta. Mais um aperto: **Preso o marginal Neguinho Joel**.

Porta e paredes rabiscadas já não adiantam nada. Já nem servem mais ao desabafo!

Entreato

"Difícil lição de vida

tentar aprender esquecer você!"

("Boletim" – Jamu Minka)

Envelopado na manhã, o TEU adeus foi deixado sob a minha porta. Olhei pela janela: nenhum lenço ao vento, apenas o ódio defraudado naquelas páginas, com todas as cores berrantes. Minhas justificativas de nada adiantaram para amenizar os primeiros dias. Ficaram pedantes no decorrer de algumas horas. No domingo seguinte me tranquei em casa, pensando besteiras. Muita violência em jogo. Não comi o dia todo. Não atendi telefone nem campainha. Uma solidão rochosa em torno. Não bebi. Não fumei. *Concentraído* o tempo todo na minha perda irremediável.

Há muito tempo não chovia. Vasculhei com esperança as nuvens do céu. Nada. Lá fora, o dia também se petrificara.

O único desejo que se apresentava era o de sangue,

sangue aos borbotões, quente, vivo, para me livrar daquela rejeição desértica, áspera. A consciência, no entanto, metia luz em cima dos projetos pacientemente concebidos e negava o fundamental: o direito moral de colocá-los em prática. Eu fraquejava de momento, andava pela casa e, depois de alguns passos, eu já adquirira de novo meu direito de praticar aqueles crimes terríveis, porém salutares em minha condição miserável.

A noite chegou sem avisar e surpreendeu-me com a arma na mão. Era o último projeto, assim concebido: eu mandaria flores. Junto a elas, uma carta das mais lindas, onde eu proporia uma amizade profunda, a partir de uma resignação farta de humildade. Diria mesmo não querer vê-LA, considerando ser o mais propício. Muitas as expressões de desculpa, sem pieguice, no entanto. Usaria toda a arte da mentira travestida de sinceridade, pureza e compreensão. Faria a figura de um velho amigo. E ensaiara até como colocar as mágoas, os rancores, o ódio, tudo dentro de um baú inteiramente decorado de ternura. Com o tempo, e após os testes inúmeros que TU farias para provar a minha sinceridade, teríamos um encontro. Conversaríamos coisas outras. Eu falaria até de um novo amor e, depois de certo constrangimento, receberia de TI um sorriso cúmplice. Em seguida, essa mesma cumplicidade se transformaria, a partir de próximos encontros, em uma confiança sorridente. Até que um "acidente" me colocasse de cama. Então, por meio de telefonema, eu denunciaria minha condição de enfermo, recusando de pronto a TUA visita.

Não, não é preciso. O pior já passou. O quê? Não se trata de desconfiança, Zulmira... É que não precisa mesmo. Estou bem...

Mas TU virias. A maquiagem estaria perfeita no meu rosto e a enxurrada contida nos bastidores, a enxurrada vermelha da minha vingança. Quando a maçaneta virasse, eu sentiria que a serpente de meus músculos se preparava.

Entrarias no pequeno apartamento. Eu me sentiria o melhor ator do mundo. Braço engessado, algumas marcas de mercúrio cromo, joelho enfaixado. Mancar seria fácil. A compaixão TE despertaria o antigo afeto. Eu veria em TEUS olhos as fagulhas do nosso amor. Então, quando desviasses o olhar de mim, a faca de ponta sairia debaixo de meu travesseiro e tudo seria sangue, muito sangue, gritos (eu queria ouvi-los!) e satisfação...

Mas, saltando pela janela, a noite surpreendeu-me com a arma invisível na mão. A consciência acendeu a luz. De novo! Eu premeditando um crime?... Realizado o flagrante da minha miséria, ante a testemunha de mim mesmo, o nada tomou corpo com a totalidade da desesperança. O derradeiro plano esvaiu-se inteiro.

Vencido, assim, pela lucidez, envolto na escuridão, ouvi a Tuausência girar a chave na fechadura. Acionou o interruptor. A sala clareou-se. Ela, emoldurada na porta, fixando-me.

Loira, como sempre foi, vestia roxo e tinha olhos de cor verde-musgo. Nos lábios finos, uma ironia cortante. Por fim, sorriu com toda a plenitude de seus dentes de ouro, inteiramente carcomidos. E disse, depois de largar sua bagagem no chão:

Voltei. E desta vez para ficar.

A fatalidade percorreu-me a espinha num relâmpago gelado. Abaixei os olhos. Em suas unhas contemplei o esmalte marrom, realçando sobre a palidez das mãos, pés e pernas enraizadas de varizes azuis. O sapato aberto continuava o roxo do vestido, cuja barra cobria levemente os joelhos. Quadris um pouco realçados, cintura exageradamente fina, busto nenhum, ela possuía o talhe de quem sofrera correções de perfil. Um nada de nádegas.

Mexeu os cabelos, exibiu o vento. Alicateou seus olhos nos meus. Não tive saída. Capitulei.

Sim. Está bem – assenti e curvei a cabeça.

A partir de então, Tuausência passou a conviver diariamente comigo, debaixo do mesmo teto.

No princípio, como sempre acontece aos casais que voltam a conviver depois de separações litigiosas, houve a delicadeza de esgrima na luta pelo espaço. Sem dúvida, ela acabou ganhando, depois de destruir todos os TEUS pertences. Encheu o guarda-roupa com vestidos, camisolas e muitos penhoares. Meu paletó, calças e camisas passaram a ficar no varal (sujos), sobre as cadeiras e mesmo pelo chão. Quanto às cuecas, ela não as suportava ver e as metia debaixo da minha (nossa) cama de casal.

Passei a ostentar no rosto as marcas das unhas de Tuausência. Nossas brigas eram frequentes e sua agressividade não se intimidava diante da minha força. Ela apanhava muito mas sempre reagia com suas lâminas naturais, os olhos que se amarelavam e muitos xingamentos.

Um dia resolveu dar uma festa. Concordei para evitar mais atritos. Ficou dengosa, pegajosa, "bem" pra lá, "benhê" pra cá. Na semana, tratou-me como seu namorado, às vésperas, eu era um noivo, e, naquela noite, um marido bem adulado. Seus convidados – pois eu já me divorciara da amizade – eram uns tristes alcoólatras. Todos brancos. Cantaram, o tempo todo, sambas-canções de amores perdidos. Trataram-me com deferência, sobretudo quando me enchiam o copo. Não faltaram os elogios à minha alma branca. Bebi com eles até de madrugada. Ao todo, éramos treze na tal festa-patê-de--sardinha-e-gin. Não vi quando saíram. Eu tinha ido ao banheiro vomitar os meus excessos e perdera a noção do tempo. Quando voltei, a sala estava vazia de gente. Tuausência masturbava-se na cozinha, enquanto comia os últimos restos de patê. Alternava a mastigação com profundas tragadas num cigarro sem filtro. Olhei da porta e tive ímpetos violentos. Ela não se intimidou, continuando suas fricções, o come-come e fumaças. Atingiu o orgasmo com um grande urro. Uma garrafa de gin, que estava vazia sobre a pia, partiu-se. Tuausência espumou pela boca, dizendo com sarcasmo:

Por que não vem, nego filho da puta?

Minha vista escureceu. Só parei de esmurrá-la, quando percebi que ela não esboçava reação, exceto o riso e o olhar de quem tem garantida a vingança. Meu ódio pegou-me pelos colarinhos e pôs-me para fora de casa. Fui procurar consolo na manhã que já raiava. O sol, entretanto, não me ofereceu nenhuma porta ou janela para respirar outra vida. Voltei para o estreito corredor do cotidiano.

Tudo recomeçou. Eu saía, ela ficava em frente à televisão, o cigarro entre os dedos. Quando à tarde eu retornava, brigávamos. Eu não tinha mais sonhos. Só pesadelos. Num desses nossos reencontros, depois da habitual troca de murros e arranhões, deixei-me cair em mim. Olhei-a. Era deplorável seu rosto e sinistra a ironia que nele se mantinha. Fui vencido pelo primeiro soluço e desabei. Chorei todos os tonéis envelhecidos desde a minha irremediável perda. Ela saiu da sala em direção ao banheiro, rindo a princípio, gargalhando depois. Eu a esqueci por um tempo de completo vazio. Ao me sentir aliviado fui procurá-la para tentar uma conversa que nos possibilitasse uma tolerância menos violenta. Estaquei próximo à porta. Uma sombra balançava. Dei mais um passo e vi! O cinto enlaçava Tuausência no pescoço, ligando-o ao cano do chuveiro. Estava nua, inteiramente roxa, *enormentumescida* língua pendurada e olhos saltando. Quando fui tocá-la, a campainha soou. Tremi. Alguém girou o trinco. Corri ao encontro, empurrado pelo pânico.

Eras TU, entre os lábios um sorriso com a ternura de todos os marfins. Os olhos, dois sóis negros irradiando a aurora polar da minha vida. TEU rosto jacarandá, aconchegado na crespa e noturna auréola dos cabelos, era o desenho da minha paz. Abraçamo-nos.

Fusão de eternidades.

O cadáver apodreceu no banheiro naquela mesma noite. Restaram apenas cinzas. Ao raiar a manhã, eu as recolhi e usei para adubar a samambaia que trouxeste.

Perguntar ofende

Foi um tapa na cara que me deixou abestalhado por umas horas. Não porque alguma coisa na minha cabeça tenha se deslocado ou qualquer veia do cérebro rompido. Não. Não foi isso. Que o bofetão doeu não tenha dúvida. Mas o que me fez ficar parado olhando o tempo foi a incapacidade de entender porque meu pai tinha ficado tão nervoso com uma simples pergunta de criança. Precisei de alguns dias para entender aquilo. Também tinha me intrigado a razão da pergunta. Afinal, eu tinha só cinco anos! Como é que aquela indagação acerca do sagrado pode entrar em minha mente e sair pela minha boca? Teria sido eu movido por alguma força estranha, um espírito, um agente do mal? Ou será que não se tratava de superstição e, sim, de indagação genuína, própria minha?

Naquela tarde eu tinha ido para a beira do córrego onde costumava brincar, pescar e, quando estava sozinho, pensar ou ficar ali bestando, alinhavando caraminholas. O inusitado, entretanto, tinha dado o tom naquela segunda metade do dia. Eu vira, na margem oposta, uma flor azul e branca pegando fogo. Em seguida, percebi melhor: era uma flor de fogo. Mas era azul! De repente alguém me chamou pelo nome. Era o Melo. Eu o vi de longe. Ao lembrar da flor, voltei-me para ela. Já não estava em seu lugar. Meu amigo chegou, fomos empinar pipa. Eu não disse nada do que eu vira. Em dado momento, ele insistiu comigo:

Hei! Acorda. Estou falando com você.

Eu havia retornado para a lembrança da contemplação daquela flor. Teria eu a visto mesmo ou teria sido uma ilusão? Naquela época, esta reflexão de agora era só inquietação, princípio de medo. Para não ser zombado, não disse nada ao Melo.

A noite chegou. Já na cama, a luz apagada, eu não conseguia dormir. Comecei a imaginar que a flor de fogo fosse aparecer dentro do meu quarto. Devo ter adormecido por um instante. Ao despertar, percebi que havia um vulto na porta. Era o de um homem. Cobri imediatamente a cabeça. Mas, eu me precavera, sabedor de que fantasma não gosta de luz. Colocara minha lanterna debaixo do travesseiro. Ainda coberto, lentamente arrastei a mão direita na busca da minha luz, com receio de que alguém a segurasse. Quando a apalpei, senti um certo vigor diante do medo. Como um caubói que saca primeiro que seu adversário, eu lancei luz em direção ao vulto que se dissipou, deixando apenas o rastro de sua ilusão: umas roupas e um dos chapéus de meu pai no cabideiro de chão.

Derrotar um fantasma foi para mim o primeiro passo para desconfiar de que as pessoas mais velhas queriam apenas meter medo nas crianças com suas histórias. Fiquei valente. Além do mais a escola me ensinou o que era o raio, reforçou meu empirismo sobre a ilusão de ótica. Um dia entrei na igreja, depois da aula, e olhei para as imagens. Aí, me veio a hipótese fatídica em forma de simples dúvida que me levou a inquietações maiores. Saí dali me questionando acerca da criação o mundo.

Ao chegar em casa, percebi que meu pai lá estava. Estranhei, pois jamais eu o encontrara ali naquele horário em dia de semana. Ele estava taciturno e conversava com minha mãe. Ao me ver, silenciou. Cheguei meio sem jeito, pedi a benção para os dois e fui colocar o material escolar em meu quarto. Ao retornar, vi que ele não mais estava. Procurei-o para tirar a dúvida que me incomodava. Ele já estava no portão, prestes a sair. Gritei por ele. Ele me aguardou.

Pai - eu disse - *posso perguntar uma coisa?* Ele respondeu afirmativamente com a cabeça. E eu emendei, pensando na minha lanterna: *Se Deus criou o mundo, quem criou Deus? Será que ele não é um fantasma?*

Eu fiquei no chão e ele saiu dando passadas.

119

Quando retornou, tarde da noite, foi a meu quarto, beijou-me a testa, pediu perdão e chorou.

No dia seguinte minha mãe me contou que ele tinha sido demitido de seu emprego onde trabalhara havia mais de 10 anos.

Até hoje, já aposentado, quando me encontra, ele me beija a testa e as faces como se quisesse apagar a marca invisível daquela agressão. E, desde aquele fato, jamais entrou em uma igreja. Nem eu.

Limite máximo

O dia, lá fora, estava de pé me esperando, com o frio traje de manhã outonal. Eu tinha de abraçá-lo rapidamente. A cama me segurava, mas a presença dele, olhando-me pelas frestas da porta, incomodava e botava medo no sono. A noite que se encolhia no quarto não trouxera nenhum sonho e, naquele agora, eu já não queria que eles viessem. Levantei na penumbra e, no primeiro passo adiante da cama, senti a vida agonizando em cócegas no meu pé direito, que ergui rapidamente. Ela correu para debaixo do estrado e eu pensei no Tugon que dormia lá. Ah, ela haveria de comê-lo e logo mais: perninhas encolhidas para cima.

Afugentei a noite, que brigou por uns instantes com a lâmpada, fazendo-a piscar irritada por três vezes. Vesti a roupa com frieza, olhando indiferente para o pau-de--fogo deitado sobre a mesa. Esquentei o café da noite anterior e passei a manteiga no que havia restado de pão. Tomei uma boa golada e, quando fui comer, a fome saiu da mesa e a dor logo pisou a barriga com força. Um bom pedaço de papel higiênico na mão, saí do quarto-

-e-cozinha devagar e fiquei sem jeito, segurando tudo, à frente da privada. Tinha gente. Dobrei o papel, enfiei no bolso da camisa, e, quando minhas pernas foram ficando bambas, alguém saiu, deu-me um bom dia já gasto que nem respondi.

Já esvaziara o intestino e fiquei ali, calças dobradas e seguras pelos joelhos, bem separadas as pernas, que o chão estava molhado, certamente de urina. Eu esperava que algum pensamento brotasse. Dei por mim quando bateram com muita força na porta. Eu me limpei e me vesti rapidamente e saí. Era a costureira, minha vizinha de parede e meia. Ela resmungou algo e entrou. Andei depressa e me fechei. A música caipira em algum rádio de pilha esganiçava uma história triste. Olhei para a mesa e o calibre 22 parecia ter aumentado de tamanho. Senti um arrepio. Mas a tristeza me deu segurança, apontando-me um alívio vindouro, com o qual, quem sabe, eu poderia encontrar alegria. Passei a mão nele e logo estava na rua a caminho da morte de alguém, sem sequer pensar em recuar.

Ao tomar o ônibus, percebi que os planos eu os tinha esquecido. Ao encontrar o indivíduo, atiraria e pronto. Meu pensar tornou-se uma caixa de surpresa à entrada do futuro. Um ano de humilhações doloridas e perto de seis meses de planos, tudo ficou tão nada, de repente. Um PM entrou pela porta da frente, olhou o ambiente e logo desceu.

Cheguei cedo ao trabalho e notei não haver muita gente no pátio que percebesse meu olhar de metal ou cheiro de pólvora que, certamente, eu exalava. Fui até o relógio de ponto, e passei o meu crachá com um pouco de dó de mim. Apalpei o volume da morte e passei a mão pelas faces, tentando tirar as três bofetadas que eu levara durante o ano. Alisei a minha nuca e juntei os inúmeros safanões. Os xingamentos que eram tantos ferviam-me a memória. Eu era dois pesos distintos: um no peito e um na mão esquerda que era a minha direita. Caminhei com passos leves e ele já estava lá, esborrachado em sua cadeira de madeira com braços de chefia. Olhou-me e disse:

O que está fazendo ainda sem uniforme, hein, Canhoto?

Não respondi. Olhava apenas aquele inferno vivo, nele procurando, talvez, alguma faísca de bondade. Não vi. A minha imagem se queimava no meio das labaredas daquela monstruosidade que não era gente.

O que foi, porra! Que é que tá me olhando? - disse, bateu na mesa e babou sarcasmo. A minha mão pesada movimentou-se levemente. Escutei ao longe um barulho de alguém passando o crachá no relógio, vi o sangue na testa dele apagando aquele inferno que há meses me consumia. Em seguida, o som da detonação.

Fugi e não me lembro se alguém me perseguiu. Dirigi-me ao posto policial próximo dali e perguntei pelo delegado. Fui até ele e entreguei-lhe a arma dizendo, não sei porquê:

Deixa pra lá, doutor!

As várias vezes que eu tinha ido lá me queixar, sem que ele tomasse providências, fizeram-lhe abaixar o olhar diante do meu. Pediu-me os documentos e mandou que me fechassem sem revista.

Estou em uma cela sozinho, uma caneta e um papel de pão, de frente para as grades. E do outro lado delas, encostada na parede e no chão, uma barata luminosa com as perninhas para cima.

SOBRE O AUTOR

Cuti é pseudônimo de **Luiz Silva**. Nasceu em Ourinhos-SP, a 31/10/1951. Formou-se em Letras (Português-Francês) na Universidade de São Paulo, em 1980. É Mestre em Teoria da Literatura (1999) e Doutor em Literatura Brasileira (2005), pelo Instituto de Estudos da Linguagem da Unicamp. Foi um dos fundadores e membro do Quilombhoje-Literatura (de 1983 a 1994) e um dos criadores e mantenedores dos Cadernos Negros (de 1978 a 1993), série na qual publicou seus poemas e contos em 37 dos 38 volumes lançados (até 2015). Tem também publicado diversos textos em antologias, incluindo ensaios.

OBRA POÉTICA E FICCIONAL: *Poemas da carapinha.* São Paulo: Ed. do Autor, 1978; *Batuque de tocaia.* São Paulo: Ed. do Autor, 1982 (poemas); *Suspensão.* São Paulo: Ed. do Autor, 1983 (teatro); *Flash crioulo sobre o sangue e o sonho.* Belo Horizonte: Mazza Ediçõcs, 1987 (poemas); *Quizila.* São Paulo: Quilombhoje, 1987 (contos); *A pelada peluda no Largo da Bola.* São Paulo: Editora do Brasil, 1988 (novela juvenil); *Dois nós na noite e outras peças de teatro negro-brasileiro.* São Paulo: Eboh, 1991; 2.ed. Belo Horizonte: Mazza Edições, 2009; *Negros em contos.* Belo Horizonte: Mazza Edições, 1996; *Sanga.* Belo Horizonte: Mazza Edições, 2002 (poemas); *Negroesia.* Belo Horizonte: Mazza Edições, 2007 (poemas); *Contos crespos.* Belo Horizonte: Mazza Edições, 2008 (poemas); *Poemaryprosa.* Belo Horizonte: Mazza Edições, 2009. *Kizomba de vento e nuvem.* Belo Horizonte: Mazza Edições, 2013 (poemas); *Contos escolhidos.* Rio de Janeiro: Malê, 2016.

PRODUÇÃO ENSAÍSTICA: *Um desafio submerso: Evocações, de Cruz e Sousa, e seus aspectos de construção poética.* Campinas (SP): Unicamp, 1999 (dissertação de mestrado); *Moreninho, Neguinho, Pretinho.* São Paulo: Terceira Margem, 2009 (Coleção Percepções da Diferença – Negros e Brancos na Escola); *A consciência do impacto nas obras de Cruz e Sousa e de Lima Barreto.* Belo Horizonte: Autêntica, 2009. (tese de doutorado); *Literatura negro-brasileira.* São Paulo: Selo Negro, 2010. (Coleção Consciência em Debate); *Lima Barreto.* São Paulo: Selo Negro, 2011 (Coleção Retratos do Brasil Negro); *Quem tem medo da palavra negro.* Belo Horizonte: Mazza Edições, 2012.

CO-AUTORIA: ALVES, Miriam; XAVIER, Arnaldo; CUTI [Luiz Silva]. *Terramara.* São Paulo: Ed. dos Autores, 1988 (teatro); ASSUMPÇÃO, Carlos de; CUTI [Luiz Silva]. *Quilombo de palavras.* Franca: Estúdio MIX, 1997 (CD - poemas); *...E disse o velho militante José Correia Leite.* São Paulo: Secretaria Municipal de Cultura, 1992; 2.ed. São Paulo: Noovha América, 2007 (memórias); CUTI [Luiz Silva]; FERNANDES, Maria das

Dores (Orgs.). *Consciência Negra do Brasil: Os Principais Livros*. Belo Horizonte: Mazza Edições, 2002. (Bibliografia comentada).

Sites: www.cuti.com.br – www.quilombhoje.com.br – www.letras.ufmg.br/literafro – www.lyrikline.org

Esta obra foi composta pela Montenegro Grupo de Comunicação em Palatino Linotype, impressa pela gráfica IMPRESSUL sobre papel pólen bold para a Editora Malê, em janeiro de 2020.